O Diabo Coxo

Luis Vélez de Guevara

O Diabo Coxo

TEXTO INTEGRAL

Tradução
Liliana Raquel Chwat

Lafonte

2024 • Brasil

Título original: *El Diablo Cojuelo*

Direção Editorial *Ethel Santaella*
Cordenação Editorial *Ciro Mioranza*
Revisão *Luciane Gomide/Entrelinhas Editorial*
Diagramação e capa *Marcos Sousa*
Imagem de Capa *Shutterstock.com*

Dados Internacionais de Catalogação na Publicação (CIP)
(eDOC BRASIL, Belo Horizonte/MG)

Vélez de Guevara, Luis, 1579-1639.
V436d O diabo coxo / Luis Vélez de Guevara; tradução Liliana Raquel Chwat. – São Paulo, SP: Lafonte, 2024.
96 p. : 15,5 x 23 cm

Título original: El Diablo Cojuelo Espanhol
ISBN 978-65-5870-550-5 (Capa Coleção)
ISBN 978-65-5870-551-2 (Capa Avulso)

1. Ficção espanhola. 2. Literatura espanhola – Romance. I. Chwat, Liliana Raquel. II. Título.
CDD 860.3

Elaborado por Maurício Amormino Júnior – CRB6/2422

Editora Lafonte

Av. Profª Ida Kolb, 551, Casa Verde, CEP 02518-000, São Paulo-SP, Brasil
Tel.: (+55) 11 3855-2100, CEP 02518-000, São Paulo-SP, Brasil
Atendimento ao leitor (+55) 11 3855-2216 / 11 – 3855-2213 – *atendimento@editoralafonte.com.br*
Venda de livros avulsos (+55) 11 3855-2216 – *vendas@editoralafonte.com.br*
Venda de livros no atacado (+55) 11 3855-2275 – *atacado@escala.com.br*

Índice

Apresentação

O Diabo Coxo, livro que data de 1641, é um texto cômico à primeira vista. Parece uma grande sátira contra a sociedade da época. Na verdade pode até sê-lo, mas é antes de tudo uma crítica irônica e mordaz contra os costumes sedimentados e estagnados pela falsidade e hipocrisia de uma sociedade que não admite aberturas, que cerceia novas experiências e saltos pioneiros para formas inovadoras com relação ao comportamento moral e social.

Tudo é delimitado pela prepotência vazia, alicerçada num tanto de religião e muito na história familiar e nos títulos altissonantes de nobreza. Os homens sem uma genealogia comprovada, sem linhagem nada podem acrescentar e se configuram como um segundo mundo que vegeta para que os poucos do primeiro mundo vivam em honras e glórias.

Na época do escritor, a pirâmide social tinha realmente uma amplíssima base de pobres e deserdados, praticamente alijados de qualquer possibilidade de aspirar a uma ascensão ao topo. Guevara vê isso com desalento e elabora um belo conto, invocando um diabo coxo e faceiro que se dispõe a mostrar todas as mazelas da sociedade a um amigo estudante.

Cléofas, esse estudante, fugitivo da justiça, descobre o *Diabo Coxo* encerrado na redoma de um mágico e o liberta. Agradecido, esse singular diabinho leva seu libertador pelos ares, parando em muitas cidades espanholas e vai lhe mostrando o que ocorre em cada uma delas. Além disso, explica, interpreta atitudes comportamentais dos cidadãos, ironiza, satiriza e, quando convém, chega até a tecer elogios.

Todo o enredo ocorre em território espanhol, embora o autor evoque deuses da mitologia greco-romana, mas parece que todos os demônios têm uma predileção muito peculiar pelos espanhóis. Não resta dúvida que o argumento é muito original para a época, mas é atraente e bem tramado. Cumpre salientar, no entanto, que a linguagem é extremamente rebuscada, por vezes complexa e de difícil compreensão, repleta de figuras, de jogos de palavras, de superposição de personagens. Assim mesmo, a figura do *Diabo Coxo* diverte, ensina e leva a refletir sobre as mazelas de nossa sociedade atual.

Para concluir estas palavras introdutórias, convém observar que o autor designa os capítulos do livro de *trancos* e, como ele próprio explica, para indicar que tudo neste conto acontece aos trancos, aos saltos, aos pulos, provável referência às muitas e inesperadas etapas do vôo desse *Diabo Coxo* e de seu comparsa nessa aventura pela Espanha do século XVII.

Ciro Mioranza

Carta de Recomendação ao Cândido ou Moreno Leitor

Leitor amigo: escrevi este discurso (que não me atrevi a chamar de livro), passando do ginete das consoantes para a rédea da prosa, nas folgas que me deram minha família e os autores de comédias, por sua Majestade. Por ser *O Diabo Coxo*, não está repartido em capítulos e sim em trancos. Suplico que os dê ao ler, porque terá menos para censurar, e eu para lhe agradecer. Sem mais, paro; e não de rogar a Deus que me conserve em tuas graças.

De Madri, aos que forem então do mês e do ano, e tal e tal e tal.

O autor e o texto

TRANCO I

Era em Madri, no final de julho, às onze em ponto, hora minguada nas ruas e noite sem lua.

O Prado bloqueava carruagens no último trecho da rua, e nos banhos de Manzanares os Adães e Evas da corte estavam mais cheios de areia que limpos pela água; dom Cléofas Leandro Pérez Zambullo, fidalgo aos quatro ventos, cavalheiro furacão e encruzilhada de sobrenomes, galã de noviciados e estudante de profissão, com um escudo e uma espada, andava como um gato pelos telhados, fugindo da justiça, que o perseguia por um estupro que não tinha cometido (no pleito de credores de uma donzela estava colocado no vigésimo segundo lugar), pretendendo que o coitado arcasse sozinho com o que tantos haviam merendado.

Como desejava escapar do "são um só" (sentença definitiva do pároco e ato só revogado pelo vigário.

Responso, juiz da outra vida), não duvidou em se atirar desde o telhado, para a sujeira de outro, vizinho, onde uma luz escassamente bruxuleava, colocando os pés e a boca ao mesmo tempo, saudando-o como a um porto de tais naufrágios, e zombando dos ministros do agarramento e dos honrados pensamentos de minha senhora dona Tomasa de Vidigudiño, donzela grosseira que passava as noites como quarto falso, para que fizesse efeito sua velhacaria; havia cometido outro estelionato com o capitão, e voltavam para que não escapasse aquele navio de capa e espada que levava cativa a honra daquela senhora fraudulenta de donzelices, que jurava para si mesma tomar satisfações desta desfeita em outros inocentes, confiando em uma mãe, que ela chamava de tia, onde haviam caído tantos pássaros forasteiros.

Nesta hora, o estudante, não acreditando em seu sucesso, e limpando com a roupa o telhado, admirava a região onde havia chegado pelas estrangeiras extravagâncias que enfeitavam a espelunca.

Havia um candeeiro que mostrava sobre uma mesa antiga, uma infinidade de papéis desordenados com caracteres matemáticos, umas efemérides abertas, duas esferas, e alguns compassos e quadrantes, indicando que nesse quarto vivia um astrólogo, dono daquela oficina e embusteira ciência. Aproximando-se dom Cleofas curiosamente (como quem professava letras e era algo inclinado àquela profissão), começou a remexer os trastes astrológicos e ouviu um suspiro entre eles, mas, achando que era sua imaginação, continuou folheando com atenção os memoriais de Euclides e engodos de Copérnico.

Quando escutou por segunda vez o suspiro, achou que não era engano de sua imaginação e sim verdade; com gestos valentes perguntou:

- Quem está suspirando?

Imediatamente uma voz entre humana e estranha respondeu:

- Sou eu, senhor Licenciado, estou nesta redoma, onde esse astrólogo que vive aí embaixo me mantém preso, porque também tem sua parte na magia negra; ele é meu alcaide há uns dois anos.

- Então você é seu familiar? – perguntou o estudante.

- Gostaria muito – respondeu o da redoma – que entrara alguém da Santa Inquisição, para que, enfiando ele em outra de cal e pedras, me tirasse desta gaiola de papagaios de pedra e enxofre.

Mas chegaste a tempo e podes me resgatar, porque este, a cujos conjuros estou assistindo, me mantém ocioso, sem me empregar para nada, sendo eu o espírito mais travesso do inferno.

Dom Cleofas, espumando valor, prerrogativa dos estudantes de Alcalá, disse:

- És demônio plebeu, ou dos de bom nome?

- De grande nome – respondeu o vidro endemoniado – e o mais celebrado dos dois mundos.

- És Lúcifer? – repetiu dom Cleofas.

- Esse é demônio de beatas e escudeiros – respondeu a voz.

- És Satanás? – prosseguiu o estudante.

- Esse é demônio de alfaiates e açougueiros – repetiu a voz.

- És Belzebu? – tornou a perguntar dom Cleofas. e a voz respondeu:

- Esse é demônio de jogadores, amancebados e carroceiros.

- És Barrabás, Belial, Astarot? - disse finalmente o estudante.

- Esses são demônios de maiores ocupações – respondeu a voz -. Sou demônio mais miúdo, apesar de me meter em tudo; sou as pulgas do inferno, a fofoca, a confusão, a usura, a fraude; eu trouxe para o mundo a algazarra, a chacota; eu inventei as pandorgas, os comas, as marionetes, os saltimbancos, enfim, me chamo Diabo Coxo.

- Dizendo isso – disse o estudante– teríamos economizado o resto. Reconheça-me como seu servidor, pois há muito tempo que queria conhecê-lo. Mas, conte-me senhor Diabo Coxo, porque lhe puseram esse nome, a diferença dos demais, havendo todos caído desde tão alto, que pudessem ficar todos iguais e com o mesmo sobrenome?

- Eu, senhor dom Cleofas Leandro Pérez Zambullo, já sei o seu, ou os seus – disse o Coxo -, porque temos sido vizinhos por essa dama que galanteava, por quem o perseguiu a justiça esta noite, e de quem depois lhe contarei maravilhas; me chamo desta maneira porque fui o primeiro dos que se levantaram na rebelião celestial e dos primeiros que caíram; como os outros caíram em cima de mim me estropiaram todo.

Assim, fiquei mais que todos assinalado pela mão de Deus e pelos pés de todos os diabos, e com este apelido; mas não por isso menos ágil para todas as facções que se oferecem nos países baixos, em cujas empresas nunca fiquei para trás, antes me adiantei a todos. No caminho do inferno, tanto anda o coxo como o vento; apesar de nunca ter estado mais sem reputação que agora em poder deste vinagre, a quem por trato me entregaram meus próprios companheiros, e a cada momento aos mais agudos dava gato por demônio. Me tire deste Argel de vidro, que eu te pagarei o resgate de muitos modos, podes crer, porque me prezo de ser amigo de meus amigos, com minhas imperfeições boas e más.

- Como queres – disse dom Cleofas mudando a cortesia com a familiaridade da conversa – que eu faça o que você não pode, sendo um demônio tão manhoso?

- Não me é permitido – disse o espírito -, e a ti sim, por ser homem com o privilégio do batismo e livre do poder dos conjuros, com quem fizeram pacto os príncipes da Guiné infernal. Pega um quadrante desses e quebra esta redoma; logo se derramando, me verás visível e palpável.

Não foi escrupuloso nem preguiçoso dom Cleofas, e executando o que o espírito disse, quebrou com o instrumento astronômico em pedaços o vaso, inundando a mesa de um licor turvo, escabeche onde se conservava o tal diabo.

Olhando para o chão, viu um homenzinho de baixa estatura, apoiado em duas muletas, cheio de galos, com o nariz achatado, a boca grande com duas presas sem nenhum outro dente nas desertas gengivas e bigodes ouriçados; seu cabelo era ralo, um aqui outro ali, pareciam aspargos, legume tão inimiga da companhia, que só se juntam quando é para vendê-los em punhados.

Bem faz o agrião, que nasce um grudado no outro, como verdades da Corte; desculpe a maldade da comparação.

Dom Cleofas sentiu nojo da figura, mas precisava de sua ajuda para sair do desvão, ratoeira do astrólogo onde havia caído fugindo de seus perseguidores. O Coxo pegou-o pela mão e disse: "Vamos, dom Cleofas, que quero começar a pagar em algo o que te devo". Saíram os dois pelo telhado, como se tivessem sido disparados com um tiro de artilharia, não parando de voar até fazer pé no capitel da torre de São Salvador, ponto mais alto de Madri; nesse momento o relógio dava uma hora, que era o toque de recolher para o mundo, pouco a pouco, ao descanso do sono.

Tréguas que dão os cuidados da vida, sendo comum o silêncio para animais e homens; medida que faz com que todos sejam iguais, tendo uma pressa notável para tirar sapatos, meias, calções, coletes, saias e anáguas, para se deitar homens e mulheres, ficando as humanidades menos mesuradas e voltando-se aos primeiros originais, que começaram o mundo livres de todas essas coisas; fazendo um gesto ao camarada, o Coxo disse:

- Dom Cleofas, desde esta picota das nuvens, que é o lugar mais alto de Madri (mal ano para Menipo nos diálogos de Luciano), vou te mostrar tudo de mais notável que acontece neste horário nesta Babilônia espanhola.

Levantando os telhados dos edifícios, por arte diabólica, descobriu-se a carne do pastelão de Madri como estava então; pelo muito calor, estava com menos persianas, e havia tanta variedade de bichos racionais nesta arca do mundo, que a do dilúvio, comparada com ela, foi suave brincadeira.

TRANCO II

Ficou dom Cleofas absorto naquela pepitória humana de tanta diversidade de mãos, pés e cabeças e fazendo gestos de admiração disse:

- É possível que para tantos homens, mulheres e crianças haja colchões, lençóis e camisas? Deixa me assombrar que entre as grandezas da Providência divina não seja esta a menor.

O Coxo prevenindo-o disse:

- Quero começar a te mostrar distintamente, neste teatro onde tantas figuras representam, as mais notáveis, em cuja variedade está sua beleza. Olha ali, inicialmente, como estão sentados muitos cavalheiros e senhores a uma mesa opulentíssima, acabando uma meia-noite.

Dom Cleofas disse:

- Conheço todos esses rostos, mas não suas bolsas, se não for para servi-las.

- Passaram para os estrangeiros, porque as tratavam muito mal estes príncipes cristãos – disse o Coxo -, e ficaram com as capas, sem exercício.

- Deixemos que jantem – disse dom Cleofas -, que eu garanto que não levantem da mesa sem ter combinado um jogo para quando Deus for servido, e sigamos em frente; a estes magnatas a maioria dos dias eu beijo as mãos, e nestas caravanas ando eu na maioria das noites, porque fui dois meses culto envergonhador da proa de um deles e estou curtido de excelências e senhorias.

- Olha ali – prosseguiu o Coxo – como está se queixando da urina um letrado, barbudo e tão largo, que parece um delfim tirando o rabo pelas almofadas. Lá está parindo dona Fáfula, e dom Turíbio, seu indigno consorte, sofre como se fosse ele que estivesse parindo; está o dono da obra , nesse outro bairro, roncando e descuidado do sucesso.

Olhe aquele que se preza de lindo, ou aquele lindo dos mais apreciados, como dorme com bigodeira, creme nas mãos e luvas; tem tantas porcarias no rosto, que daria para fazer refeições para toda a quaresma que vem. Ali, mais na frente, está uma velha, grandíssima feiticeira, fazendo em um pilão uma medicina de drogas restringentes para remendar uma donzela, que vai casar amanhã.

Lá naquele quartinho estreito, estão dois doentes em duas camas, e se purgaram juntos; discutem sobre quem fez mais cursos (como se fossem se graduar na faculdade), e estão se matando a almofadadas.

Volta ali, e olha com atenção como está se untando uma hipócrita, para ir a uma junta de bruxas que há entre São Sebastião e Fuenterrabia, e garanto que íamos nos encontrar nela se não temesse o risco de ser reconhecido pelo demônio que a preside, porque lhe dei uma bofetada de mão aberta na antecâmara de Lúcifer, por uma discussão que tivemos.

Também entre os diabos há livro de duelos, porque o autor que o fez é filho de vizinho do inferno.

Porém muito mais podemos nos entreter por aqui, e mais se olhares para aqueles ladrões que entraram, por uma sacada, na casa daquele estrangeiro rico, com uma chave mestra, porque o pé-de-cabra é antigo, e chegaram aonde está o saco cheio de dinheiro; à luz de uma lanterna que levam, como o saco é tão grande e não podem levá-lo de uma vez, decidem abri-lo e encher as bolsas e os calções, e voltar outra noite para pegar o resto; quando começaram a desatá-lo, tira o tal estrangeiro (que estava dentro dele, guardando seu dinheiro, por não confiar em ninguém) a cabeça, dizendo: "Senhores ladrões, aqui estamos todos", caindo eles espantados um para cada lado e saindo por onde entraram.

- Melhor seria – disse dom Cleofas – que o tivessem levado sem desatar para que não acontecesse isso, pois cada estrangeiro é um saco batizado; não servem para outra coisa em nossa república, nem na deles.

Mas quem é aquele rinoceronte com camisa de mulher, a quem não somente a cama fica estreita, mas a casa e Madri também; roncando faz mais barulho que a Bermuda, e que parece que bebe em tonéis e come guisados de abóboras.

- Aquela foi barril de Sahagum, e não professou – disse o Coxo – se não for no mundo de agora que está para estourar, e tudo junto pode ser, sendo quem é; é uma bodegueira tão rica que pode dar cavalo por carneiro e gato por lebre aos estômagos; seis casas em Madri e na porta de Guadalajara mais de vinte mil ducados; fez uma capela para seu enterro e fundou duas capelanias, com isso pensa ir direto para o céu; apesar de que mesmo que ponham uma garrucha na estrela de Vênus e uma alavanca nas Sete Cabritinhas, acho que será impossível que suba para lá esse tonel; e como ganhou boa fama, deitou-se daquele jeito.

- Me atenho – disse dom Cleofas – a aquele cavalheiro que tem a alma de charque, que vi que é cavalheiro em um hábito que tem na roupa da cabeceira, e não é o maior remendo que tem; dorme enroscado como lampreia empanada, porque a cama é curta e chega só até os joelhos.

Aquele – disse o Coxo – é pretendente, está gordo demais e bem tratado para o ofício que executa.

Faz bem aquele taberneiro da corte, que não tem esses cuidados e cura seu vinho e o batiza na pele e nos barris; a esta hora está feito dilúvio em pena, com seu funil na mão, e antes de mil anos espero vê-lo jogar canas pelo nascimento de algum príncipe.

- Quanto – disse dom Cleofas – se é taverneiro e pode embebedar a Fortuna?

- Não temas – disse o Coxo – que se veja nisso aquele alquimista que está naquele porão com uns foles, inspirando uma fornalha cheia de lume, sobre o qual tem uma chaleira com mil variedades de ingredientes, acreditando que terminará a pedra filosofal que fará ouro; há dez anos que tem essa pretensão, por haver lido a arte de Raimundo Lulio e os autores químicos que falam deste mesmo impossível.

- A verdade é – disse dom Cleofas – que ninguém conseguiu fazer ouro, a não ser Deus e o sol, com sua particular ajuda.

- Isso é verdade – disse o Coxo -, pois nós não conseguimos.

Volta lá e me acompanha para rir daquele marido e mulher, tão amigos da carruagem, que tudo que podiam gastar em vestir, calçar e arrumar uma casa o empregaram nela, que está sem cavalos agora; almoçam, jantam e dormem dentro dela, sem sair de sua reclusão, nem mesmo para as necessidades corporais, em quatro anos desde que a compraram; estão como emparedados e tão acostumados a não sair dela que a carruagem serve de carcaça, como à tartaruga; quando põem a cabeça para fora, voltam a colocá-la para dentro logo, e ficam resfriados quando tiram a mão ou o pé para fora; acho que agora querem construir um desvão nela para alugá-lo a outros dois vizinhos, que gostem de carruagem tanto quanto eles.

- Esses – disse dom Cleofas – vão para o inferno de carruagem.

- Não é penitência para menos – respondeu o Coxo -. Diferente é o caso de esse outro pobre e casado, que vive nessa casa mais na frente, que depois de não ter podido dormir devido às crianças que deram de chorar, agora que ia descansar, sua mulher começou com uma dor de mãe, tão terrível, que não sobrou arruda na vizinhança, lã nem papel queimado, tigela untada com alho, bebidas e trezentas coisas mais; ele por andar desagasalhado, pegou uma dor no quadril, que dava para descontar na dor de mãe de sua mulher.

- Não estão acordados naquela casa – disse dom Cleofas – onde está colocando uma escada aquele cavalheiro que, ao parecer, assalta o quarto e a honra de quem vive nele; não é bom sinal que havendo escadas por dentro, queira entrar pelas de fora.

- Lá – disse o Coxo – vive um cavalheiro velho e rico que tem uma filha muito bela e donzela, e quer deixar de sê-lo com um marquês, que é o da escada, que diz que vai casar com ela; já fez o mesmo papel com outras dez ou doze, e o representou mal. Esta noite não conseguirá o que deseja, porque vem um delegado na ronda.

- Que vozes – disse dom Cleofas – são as que vêm dessa casa aí na frente, que parece que apregoam algum demônio perdido?

- Não serei eu, porque me resgatei – disse o Coxo - se não for que me chamam do inferno por ter quebrado a redoma. Aquele é da casa de jogos, que ganhou todas esta noite, mas está colérico porque não lhe pagaram nenhuma, e vão embora os atores e os réus atrás de uma pendência sobre um que julgou mal uma jogada e os deixa em paz aquela música a quatro vozes nessa outra rua, que fazem uns criados de um senhor à mulher de um alfaiate, que jurou que vai costurá-los a punhaladas.

- Se eu fosse o marido – disse dom Cleofas - pensaria mais que são gatos que músicos.

- Agora acharás que são galgos – disse o Coxo -, porque outro competidor da mulher do alfaiate, com um grupo de seis ou sete, vêm tirando as espadas e os coros, reparando a primeira invasão com os violões, fazem uma fuga de quatro ou cinco ruas. Mas olhe ali, verás como vai tirando a roupa aquele fidalgo que rondou a noite toda, tão cavalheiro do milagre nas tripas como nas demais feições, pois tirando a cabeleira, fica calvo; o nariz da máscara, fica chato; uns bigodes postiços, fica lampinho; e um braço de pau, fica estropiado; poderia ir mais a caminho da sepultura que da cama.

Nessa outra casa está dormindo um mentiroso com um notável pesadelo, porque sonha que diz a verdade. Ali, um visconde, entre sonhos, regateou a excelência a um grande. Lá está morrendo um trapaceiro, e ajudando-o a morrer uma testemunha falsa, e como zombando da Cruzada lhe dá um baralho, para que morra como viveu, e ele boquejando, por dizer "Jesus", disse "flush".

Lá, mais para cima, um boticário está misturando a pedra bezoar com alguns pós. Ali estão tirando um médico de sua casa para atender um bispo que teve uma apoplexia.

Mais para lá estão levando uma comadre para fazer um parto. Lá dona Tomasa, tua dama, de anáguas, está abrindo a porta para outro, e neste momento ouve seu amor.

- Me deixe – disse dom Cleofas - descerei sobre ela para matá-la a coices.

- Para estas ocasiões foi feita a calma, calma – disse o Coxo. Te espantas por pouco; sem contar com este namorado morcego, há outros oitenta, para os quais tem repartidas as horas do dia e da noite.

- Pela vida do mundo – disse dom Cleofas – eu pensava que era uma santa!

- Nunca acredites de primeira – replicou o Diabinho -.

Olha para meu astrólogo; verás as pulgas e a inquietude com as quais dorme; deve ter ouvido passos no desvão e receia algum detrimento em sua redoma. Console-se com o vizinho, que, enquanto está roncando, aqueles dois soldados estão tirando sua mulher, como se fosse um dente, sem sentir.

- Dos males o menor – disse dom Cleofas - eu sei de maridos que dirão o mesmo quando acordarem.

- Olha ali – prosseguiu o Coxo -, aquele barbeiro que, sonhando, levantou-se e colocou ventosas em sua mulher, queimando-lhe as coxas; ela grita e ele acordando, a consola dizendo que é bom ter feito aquilo para quando seja necessário.

Dê uma olhada naquela quadrilha de alfaiates, que está

visitando um tonto que vai se casar a escuras; é o mesmo que se relacionar com uma donzela feia, pobre e néscia, que fizeram que acreditasse o contrário com uma foto trazida por um casamenteiro, que neste momento está conversando com um pleiteador, vizinho dele, um a cansar ministros e o outro a casar todo mundo.

Somente tu, por estar tão alto, estás seguro desse demônio, que de algum modo é pior que eu. Dá uma olhada naquele caçador mentecapto, que está selando seu cavalo esta hora e pegando sua espingarda; deixa de dormir até as nove da manhã para ir matar um coelho, que custaria muito menos se o comprasse na despensa do Judas.

Ao mesmo tempo veja que na porta daquele rico avarento enxotam um menino (que por parte de pai pode pretender a beca do Anticristo), e ele, em grau de apelação o leva à casa de um senhor que vive junto a sua, que parece mais que vai comê-lo que criá-lo, porque há dias que sua despensa espera o domingo de quase ração.

Mas já o dia não nos deixa seguir adiante, e já vem o sol fazendo cócegas nas estrelas que estão brincando no céu, e dourando a pílula do mundo, tocando a arma a tantas bolsas, e contradizendo tantas panelas, frigideiras e tigelas; não quero que se valha de minha habilidade para ver os segredos que a noite lhe negou; que lhe custe bisbilhotar por fendas, clarabóias e chaminés.

Tornando a colocar a tampa, desceram para a rua.

TRANCO III

Já começavam, no cozido humano da corte, a ferver homens e mulheres, uns para cima, outros para baixo, e outros atravessados, fazendo um cruzado ao som de sua própria confusão; o mar de Madri se enchia de baleias com rodas, também chamadas carruagens, travando-se a batalha do dia, cada um com desígnios e negócios diferentes, e pretendendo enganar uns aos outros, levantando-se uma nuvem de mentiras, e não se descobria uma pisca de verdade por um olho da cara.

Dom Cleofas ia seguindo seu camarada, que o levava por uma rua algo estreita, cheia de espelhos de ambos lados, onde havia muitas damas e lindos, se olhando e fazendo diferentes gestos de bocas, olhos, bigodes, braços e mãos.

Dom Cleofas perguntou que rua era aquela, que achava nunca tê-la visto em Madri, e o Coxo respondeu:

- Esta é a rua dos Gestos; somente sabem dela estas figuras da Corte, que vêm aqui para pegar os gestos que utilizarão naquele dia, e saem com paralisia de beleza; uns com a boquinha de rim, outros com os olhinhos dormidos roncando beleza, e todos com os dedos das mãos, índice e mínimo, levantados.

Mas saiamos rápido daqui; porque mesmo tendo estômago de demônio e não tendo ficado tonto com a maré do inferno, fiquei com enjôo vendo estes canalhas, que nasceram para desacreditar a natureza.

Com isso, saíram desta rua para uma pracinha onde havia um grande concurso de velhas que haviam sido damas cortesãs, e moças que começavam a ser o que elas tinham sido.

Perguntou o estudante a seu camarada que lugar era aquele, que também nunca tinha visto, e ele respondeu:

- Esta é uma liquidação de sobrenomes, que aquelas damas trocam com estas moças por meias rasgadas, sapatos velhos, golas, toucas e ligas já que não precisam mais disso; porque o Gusmão, o Mendonça, o Enriquez, o Cerda, o Cueva, o Silva, o Castro, o Giron, o Toledo, o Pacheco, o Córdoba, o Manrique de Lara, o Osório, o Aragão, o Guevara e outros generosos sobrenomes são cedidos a quem precisa deles agora para o ofício que começa, e elas ficam com seus primeiros patronímicos de Hernandez, Martinez, López, Rodriguez, Pérez, González, etc.; porque no final dos anos mil, voltam os nomes por onde costumavam ir.

- Todo dia – disse o estudante – tem coisas novas na Corte.

Do lado esquerdo, entraram em outra praça, onde se alugavam tias, irmãos, primos e maridos e também lacaios e escudeiros, para damas que querem ter bom nome na corte e encarecer sua mercadoria.

Do lado direito deste seminário havia um grande edifício, parecido com um templo sem altar, e no meio dele, uma pilha grande de pedras, cheia de livros de cavalaria e novelas, e em volta muitos rapazes de dez a dezessete anos e algumas donzelinhas da mesma idade, cada um com seu padrinho do lado; dom Cleofas pediu a seu companheiro para lhe dizer o que era isso, que parecia que estava sonhando.

O Coxo disse:

- Algo disso tem este fantástico aparato; mas esta é, dom Cleofas, em efeito, a pia dos dons, e aqui se batizam os que vêm para a Corte sem eles.

Todos aqueles rapazes são pajens para senhores, e aquelas moças donzelas para senhoras, que precisam o dom para a autoridade das casas onde vão servir. Por ali vem vindo uma criada com um vestido alugado, que sua dona traz para mostrar e para que pague o que gastou criando-a.

- Um laço e uns dentes postiços podem fazer esses milagres – disse dom Cleofas -. Mas, que acompanhamento – prosseguiu dizendo – é este que entra agora, com tanta gente elegante, pela porta deste templo consagrado ao uso do século?

- Trazem para batizar – disse o Coxo – um regedor muito rico de um lugar vizinho, de setenta anos, que vem ao dom pelos próprios pés, porque sem ele, o aconselharam seus parentes que não fica bem o regimento. Chama-se Pascual, e discutem se com Pascual ficará bem o dom, que parece extravagante na igreja dos dons.

- Já tem exemplos – disse dom Cleofas – com dom Pascual, esse que todos chamam de louco, e eu Diógenes da roupa Deixa, que andava com a cabeça coberta com a capa, sem chapéu em trajes de profeta, pelas ruas.

- Mudaram seu nome, eu acho – prosseguiu o Coxo – por não ter em seu lugar regedor Pascual, como círio dos regedores.

- Deus os inspire – disse dom Cleofas – no que mais convenha a seu regimento, como a cristandade e os regedores necessitem.

- Acabando de tomar o senhor regedor – disse o Coxo – a água do dom, tem um italiano esperando para fazer o mesmo com um elefante que trouxe para lhe mostrar a porta do Sol.

- A maioria costuma se chamar – disse o estudante – Dom Pedro, dom João e dom Alonso.

Não sei como foi tão descuidado seu aio ou naire, como costumam chamá-los na Índia oriental; esse animal deveria ser plebeu, pois chegou tão tarde ao dom. Por Deus que vou tirar o meu.

- Siga-me – disse o Coxo, e não se amofine; já sabes onde o dom está; porque caiu no Cleofas como sopa no mel.

Com isto, saíram do edifício e mais adiante descobriram outro, cuja fachada estava pintada com chocalhos, guitarras, gaitas, sinos, guizos, pandorga prodigiosa da vida, e perguntou dom Cleofas ao seu amigo que casa era aquela, que mostrava na fachada tanta variedade de instrumentos vulgares, -"que também não a vi na Corte, e acho que lá dentro há muito regozijo e entretenimento".

- Esta é a casa dos loucos – respondeu o Coxo – há pouco foi instituída na Corte, entre umas obras pias que deixou um homem muito rico e sensato, onde se castigam e curam loucuras que até agora não haviam aparecido.

- Entremos – disse dom Cleofas – por aquela fenda que está aberta, e vejamos esta novidade de loucos.

Dizendo e fazendo, entraram os dois, um atrás do outro.

Passando por um corredor, onde estavam alguns dos convalescentes, pedindo esmolas para os que estavam furiosos, chegaram a um pátio quadrado, cercado de celas pequenas por cima e por baixo, e cada uma delas era ocupada por um personagem dos antes mencionados. Na porta de uma delas estava um homem, muito bem vestido, escrevendo sobre os joelhos e sentado em um banquinho; sem levantar os olhos do papel, havia arrancado um com a pena, sem senti-lo. O Coxo disse:

- Aquele é um louco arbitrista que deu em dizer que deve fazer a redução dos quartos, e que escreveu sobre isso mais folhas de papel que as do pleito de dom Álvaro de Luna.

- Fez bem quem o trouxe a esta casa – disse dom Cleofas - porque são os loucos mais prejudiciais da república.

- Esse que está nesse pequeno aposento – prosseguiu o Coxo – é um cego apaixonado, que está com o retrato de sua dama nas mãos, e aqueles são os papéis que escreveu, como se pudesse ver um ou ler os outros; costuma dizer que enxerga com os ouvidos.

Neste outro quartinho cheio de papéis e livros está um gramático, que perdeu o juízo buscando o gerúndio de um verbo grego. Aquele que está na porta desse outro aposento com alforjes no ombro e calças brancas, foi trazido porque, sendo cocheiro que andava sempre a cavalo, tomou o ofício de correio a pé.

Esse outro que está mais acima com um falcão na mão, é um cavalheiro que, havendo herdado muito de seus pais, gastou tudo na cetraria, e não sobrou mais que aquele falcão que tem nas mãos, que as come de fome. Ali está o criado de um senhor, que para ter o que comer foi servir.

Aquele é um bailarino que ficou sem som, dançando em silêncio. Mais para frente está um historiador que ficou louco por ter perdido três décadas de Tito Lívio.

Seguindo adiante, tem um colegial cercado de mitras, experimentando-as porque diz que será bispo.

A seguir nesse outro aposento está um letrado que acabou sendo alfaiate, e está sempre cortando e costurando togas.

Nesta outra cela, sobre um cofre cheio de dinheiro fechado com três chaves, está sentado um rico avarento, que por não ter filho nem parente que o herde, vive muito mal, sendo escravo de seu dinheiro e comendo só um pastel no almoço e jantando salada de pepinos; sua própria riqueza serve-lhe de cepo. Aquele que canta nessa outra jaula é um músico que imita pássaros.

Está preso aqui porque sempre cantava, e quando pediam que cantasse, ficava calado.

- Essa impertinência é de quase todos da profissão.

- Na boca daquele poço que está no meio do pátio, está se olhando sempre uma dama muito linda, como verás se ela levantar a cabeça; filha de pais pobres e humildes, que querendo casar com ela muitos homens ricos e cavalheiros, nenhum a contentou, achando em todos muitas falhas.

Está amarrada ali com uma corrente para que, como Narciso, apaixonada pela sua beleza, não se afogue na água que lhe serve de espelho, não tendo no que pisa o sol nem todas as estrelas.

Naquele pobre aposento pintado com chamas por fora, está um demônio casado, que ficou louco com a condição de sua mulher.

Então dom Cleofas disse ao companheiro que estava lhe mostrando todo esse retábulo de duelos:

- Vamos embora daqui, porque podem nos pegar por alguma loucura que ignoramos; porque no mundo todos somos loucos.

O Coxo disse:

- Vou aceitar teu conselho, porque até os demônios enlouquecem, não se deve confiar em ninguém.

- Desde sua primeira soberba – disse dom Cleofas – todos estão; o inferno é a casa dos loucos mais furiosos do mundo.

- Estás muito abusado – disse o Coxo - pois falas com essa linguagem.

Com essa conversa saíram da casa, e foram parar em uma rua larga que de um lado e do outro tinha pendurados ataúdes; havia uns sacristãos com sobrepelizes passeando junto a eles, e muitos coveiros abrindo várias sepulturas; dom Cleofas disse ao seu camarada:

- Que rua é esta que me admirou mais que todas as que vi, e poderia me obrigar a falar mais espiritualmente que com o primeiro de que tu te admiraste?

- Esta é mais temporal e do século que nenhuma – respondeu o Coxo - e a mais necessária, porque é a roupraria dos avós, onde qualquer um, para todos os atos positivos que deseja e quer calçar um avô, porque o seu não lhe serve, vem aqui e por seu dinheiro escolhe o mais adequado. Olha aquele cavalheiro como está experimentando uma avó que precisa, e esse outro, filho de quem ele quer, está pegando outro avô, que fica grande para seu tamanho.

Esse mais embaixo troca seu avô por outro e dinheiro por cima, e não fecham negócio porque tem a parte do sacristão, que é o roupeiro. Outro, vem para virar um avô seu de dentro para fora e de trás para frente, e a remendá-lo com a avó de outro. Outro vai com a justiça para fazer que devolvam um avô que tinham lhe furtado, e o encontrou pendurado na roupraria. Se tiveres necessidade de algum avô ou avó para algum crédito de tua qualidade, estamos a tempo, dom Cleofas Leandro; eu tenho aqui um roupeiro amigo que desveste os defuntos na primeira noite que os enterram, e nos fiará pelo tempo que quiseres.

- Eu preciso de dinheiro, não de avós – respondeu o estudante - Deus me favoreça com os que tenho; meus pais disseram que sou descendente de Leandro, o animoso, o que passava o mar de Abido em amoroso fogo e tenho a executória nas obras de Boscan e Garcilaso.

- Contra fidalguia em verso – disse o Diabinho – não há esquecimento nem chancelaria suficiente, nem há mais o que desejar no mundo que ser fidalgo em consoantes.

- Se me fizessem o favor – prosseguiu dom Cleofas – entre Salicio e Nemoroso falam de fazer minhas diligências, que não me custariam cem reais; lá tenho minha Montanha, minha Galícia, minha Viscaia e minhas Astúrias.

- Deixemos de vaidades agora – disse o Coxo - já sei que és bem-nascido em verso e em prosa; vamos agora procurar uma taverna para almoçar e descansar, que bem precisas disso, por ter passado a noite acordado, e depois prosseguiremos com nossas aventuras.

TRANCO IV

Deixemos esses cavalheiros em sua taverna almoçando e descansando, e voltemos a nosso astrólogo, que tinha se vestido com algum cuidado por ter ouvido passos no desvão a noite anterior, e, subindo lá, achou as ruínas que tinham ficado dos pedaços de redoma, os papéis molhados e o tal espírito ausente. Vendo o estrago e a evasão de seu demônio, começou a coçar a barba e os cabelos, e a rasgar suas vestes, como os reis antigos.

Enquanto fazia semelhantes extremos e lamentações, entrou um diabinho canhoto, ajudante de retrete de Satanás, dizendo que Satanás, seu senhor, beijava suas mãos; que havia sentido a velhacaria do Coxo; que trataria que fosse castigado, e que por enquanto ele ficasse servindo-o em seu lugar. Agradeceu muito o astrólogo e encerrou o tal espírito em um anel com um topázio grande, que trazia em um dedo e que tinha sido de um médico; a todos os que tinha tomado o pulso tinham morrido. No inferno, juntaram-se entretanto na sala cheia, os mais graves juízes daquele distrito, e fazendo notório a todos o delito do tal Coxo, mandaram despachar requisição para que o prendessem em qualquer lugar onde o achassem; foi dada essa comissão a Cem-chamas, demônio comissionado que havia dado conta de outras tarefas que tinham lhe encomendado, e levando como ajudantes Chispa e Redina, subiu em uma mula e saiu do inferno com a vara alta da justiça, em busca do tal delinqüente.

Nesse tempo, sobre o pagamento do que haviam almoçado, tiveram um peso o revoltoso Diabo e dom Cleofas na taverna, onde intervieram assadores e pasteleiras; porque o que é do diabo, o diabo vai levar; e acudindo a justiça ao alvoroço, saíram por uma janela.

Quando o delegado da Corte com seus ajudantes pensou que ia pegá-los, estavam já deste outro lado do Getafe, em busca de Toledo, e no minuto seguinte, nas janelas do Torreão.

Em um piscar de olhos, estavam perto da porta de Bisagra, deixando para trás a real fábrica do Hospital; virando-se o estudante para o camarada, disse:

- Conheces bons atalhos, coitado de quem não anda contigo pelo mundo.

- Somos gente de boas manhas – respondeu o Coxo. Enquanto falavam, chegaram ao bairro chamado Sangue de Cristo e à taverna da Sevilhana, que é a melhor da cidade. O Diabo Coxo disse ao estudante:

- Esta é uma boa pousada para passar a noite e descansar da passada; entra e pede um aposento e que preparem a janta; me interessa chegar esta noite a Constantinopla para alvoroçar o serralho do Grande Turco e fazer degolar doze ou treze irmãos que tem, por medo de que não conspirem contra a Coroa; vou voltar pelos Cantões e por Genebra, para outras diligências parecidas, e para subornar com alguns serviços meu amo, que deve estar muito indignado comigo pela travessura passada; eu estarei contigo antes das sete da manhã.

Dizendo e fazendo foi pelos ares e dom Cleofas entrou na pousada que, apesar de estar cheia de muitos passageiros que tinham vindo com os galeões e passavam pela Corte, mesmo assim fizeram cortesia ao novo hóspede, porque a pessoa de dom Cleofas, trazia consigo cartas de recomendação, como dizem os cortesãos antigos.

Convidaram-no para jantar uns soldados, perguntando

as novidades de Madri, e depois de ter brindado pelo rei (Deus o guarde), por suas damas e seus amigos e haver finalizado o jantar, recolheu-se cada um ao seu aposento, porque tinham que sair de madrugada para chegar com tempo a Madri; dom Cleofas fez o mesmo, sentindo de algum modo, a falta do companheiro, que o tinha tão entretido; e fazendo vários discursos sobre o travesseiro, adormeceu, jurando o silêncio das sombras, como o resto do mundo, a pousada da Sevilhana o natural vassalo do sono; só as gralhas, os morcegos e as corujas estavam a postos.

Quando às duas da madrugada umas temerosas vozes repetiam "Fogo, fogo!", despertaram os sonolentos passageiros, com o sobressalto que costuma causar qualquer alvoroço aos que estão dormindo, e mais ainda ouvindo gritar "fogo!".

Voz que com mais terror atemoriza os ânimos mais constantes, rodando uns pelas escadas para descer mais rápido; outros, saltando pelas janelas e caindo no pátio da pousada; outros que pelas pulgas ou por temor aos percevejos dormiam nus, como Adão, colocando as mãos onde deveriam estar as folhas de parreira, seguindo aos demais, e acompanhando dom Cleofas, com as calças na mão e uma ripa, que por não encontrar a espada, encontrou em seu aposento; como se nos incêndios e fantasmas importasse andar às pauladas e facadas, natural socorro do medo nas repentinas invasões.

Saiu o hospedeiro de camisa, com uma faixa no estômago e um candeeiro na mão, dizendo que ficassem sossegados; que não era para se preocupar, que voltassem para a cama, que ele resolveria aquilo.

Apertou-o dom Cleofas para que dissesse a causa daquele alvoroço; que não voltaria a deitar sem decifrar aquele mistério.

O hospedeiro disse muito severo que era um estudante de Madri que estava na pousada havia dois ou três meses, e que era poeta dos que escrevem comédias; havia escrito duas, que tinham sido vaiadas em Toledo e que estava acabando de escrever a comédia de *Tróia em chamas*, e sem dúvida devia ter chegado na parte do incêndio; se empolgava tanto com o que escrevia, que devia ter gritado.

Afirmava que por outras experiências passadas chegava à conclusão de que era o que dizia; para confirmá-lo, que subissem com ele até o aposento e veriam que isso era verdade.

Seguiram o hospedeiro do jeito que estavam, e entrando no aposento do tal poeta, o encontraram estendido no chão, com a roupa rasgada, rodeado de papéis, soltando espuma pela boca, e dizendo: "Fogo, fogo!". Chegaram até ele morrendo de rir e cheios de piedade, dizendo:

- Senhor Licenciado, volte em si e veja se quer beber ou comer alguma coisa para esse desmaio.

O poeta, levantando como pode a cabeça, disse:

- Se for Enéas e Anquises, com os Penates e o amado Ascânio, o que esperam aqui, se já Ílion está feita cinzas, e Príamo, Paris e Policena, Hécuba e Andrômaca deram o fatal tributo à morte, e para Helena, causa de tanto dano, levam sua presa Menelau e Agamenon? O pior é que os mirmídones se apossaram do tesouro troiano.

- Volte para seu juízo – disse o hospedeiro - que aqui não há tolos nem toda essa porção de bobagens que disse; seria melhor levá-lo à casa do Núncio, onde poderia ser, por uma causa justa, que tratasse de curá-lo, porque as consoantes lhe subiram à cabeça, como tabardilho.

- Que bem entende de afetos o senhor hospedeiro! – respondeu o poeta, incorporando-se um pouco mais.

- Não quero entender de afetos nem de enfeites – disse o hospedeiro - e sim do meu negócio; o que interessa é que amanhã façamos a conta do que me deve, e vá com Deus; não quero ter na pousada alguém que a alvoroce todos os dias com estas loucuras.

Já chega com todas as passadas, pois quando começou a escrever, logo que chegou aqui, a comédia de *O Marquês de Mantua*, que naufragou, foram tantas as prevenções da caça e os gritos, chamando os cães Melampo, Oliveiro, Salta-montes,

Traga-ventos, etc., e o "Pega, pega!" e o "Cuidado com o urso, e o javali dentudo!", que pariu uma senhora prenha que ia de Andaluzia para Madri, de tanto susto.

Na outra de *O saco de Roma*, foi o estrondo das caixas e trombetas, despedaçando as portas e janelas do aposento a horas tão inusitadas como esta! O "Fecha, Espanha!", "Santiago, a eles!", e os ruídos de artilharia com a boca, que enganaram uma companhia de infantaria que estava alojada aquela noite em minha casa, de modo que pegando as armas, às escuras, uns soldados brigaram com os outros; com o barulho meia Toledo acudiu, e a justiça derrubou as portas ameaçando todo mundo; esse poeta é uma coruja, sempre está acordado, procurando versos a qualquer hora da noite e da madrugada.

O poeta disse então:

- Muito maior alvoroço seria se eu terminasse aquela comédia que o senhor tem em seu poder, como prenda por dois dias que lhe devo, chamada *As trevas da Palestina*, onde rompe-se o véu do Templo na terceira jornada, escurece o sol e a lua, batem umas pedras nas outras e desaba o céu com trovões e relâmpagos, cometas e exalações, como demonstração do Fazedor; não a terminei por me faltarem os nomes que colocarei nos verdugos.

Aí sim me dirá o senhor hospedeiro o que é isso!

- Vá - disse o taverneiro – terminá-la no Calvário, apesar de não faltar, em qualquer lugar onde a escreva, ou a representem, quem o crucifique e vaie, legume e edifício.

- Antes ressuscitam com minhas comédias os autores – disse o poeta - e para que todos vocês conheçam esta verdade e admirem o estilo que têm todas as coisas que escrevo, já que levantaram, quero ler esta.

Imediatamente, pegou uma porção de cartas velhas, cujo vulto se encaminhava mais a pleito que a comédia; levantando as sobrancelhas e arrumando o bigode disse, lendo o título:

- *Tragédia Troiana, Astúcias de Sinon, Cavalo grego, Amantes adúlteros e Reis endemoniados*. Sai o primeiro pelo pátio, sem haver cantado, o Paladion, com quatro mil gregos pelo menos, completamente armados, dentro dele.

- Como – replicou um soldado daqueles que estavam nus – pode toda esta máquina entrar por algum pátio ou coliseu de todos os que há na Espanha, nem pelo do Bom Retiro, afronta dos anfiteatros romanos, nem por uma praça de touros?

- Bom remédio! – respondeu o poeta. Derruba-se o curral e duas ruas junto dele para que caiba tudo isso, que é a mais portentosa e nova que os teatros já viram; nem sempre acontece de se fazer uma comédia como esta, e será tanto o lucro que poderia muito bem sofrer toda a despesa.

Mas escutem, que já começa a comédia, e atenção. Saem pelo palco, com muito barulho de clarinetes e tambores, Príamo, rei de Tróia, o príncipe Páris e Helena, muito bizarra em um palafrém, no meio, e o rei do lado direito (sempre desta maneira guardo o decoro das pessoas reais); atrás deles, em palafréns negros, onze mil beatas a cavalo.

- Essa é mais difícil que a outra – disse um dos ouvintes - porque é impossível juntar tantas beatas.

- Algumas serão de pasta – disse o poeta - e as outras se juntarão daqui para lá; fora que se for feita na Corte, que senhora não emprestará suas beatas para uma coisa tão grande, para estar durante o tempo que se represente a comédia, pelo menos sete ou oito meses, livres de tão cansadas canalhas?

Caíram na risada os ouvintes, e as gargalhadas levaram meia hora, ao som das bobagens do tal poeta; ele prosseguiu dizendo:

- Não devem rir; se Deus me oferece suas rimas há de se rechear o mundo de comédias minhas, e há de ser Lope de Vega (prodigioso monstro espanhol e novo Tostado em verso), menino de colo comigo, e depois me retirarei para escrever um poema heróico para a posteridade, que meus filhos ou sucessores herdem, onde tenham a vida toda para roer sílabas. Agora ouçam... – ameaçando começar (o braço direito levantado) os versos da comédia, quando todos juntos disseram que o deixasse para depois, e o hospedeiro indignado tornou a advertir que não ficaria nem mais um dia na pousada.

Os cavalheiros e soldados puseram-se a mediar o caso com o hospedeiro, e dom Cleofas tomou o partido do poeta, pedindo-lhe que jurasse sobre uma *Arte poética de Rengifo*, que estava também junto com os outros papéis no chão, que não escreveria mais comédias de confusões, e sim de capa e espada; com isso o hospedeiro ficou satisfeito.

Voltaram todos para suas camas; o poeta, calçado e vestido, com sua comédia na mão, ficou tão perturbado, que apostou roncar com os Sete Dorminhocos, correndo o risco de não valer um tostão quando acordasse.

TRANCO V

Em poucas horas os hóspedes levantaram, bocejando e se espreguiçando, depois de ter dormido tão pouco por culpa do poeta; estavam os ajudantes selando as mulas quando dom Cleofas também acordou, tratando de se vestir, com saudades de sua dama; a não correspondência das mulheres às vezes desperta mais a vontade.

Antes das oito, como tinha prometido, entrou no aposento o camarada com trajes turcos e turbante, sinal de que vinha daquele país, dizendo:

- Demorei muito na viagem, senhor Licenciado?

Ele respondeu sorrindo:

- Menos demorou desde o céu ao inferno, havendo mais léguas, quando rodou com todos esses príncipes que não puderam rastejar outra vez para a maroma de onde caíram.

- Ao amigo, senhor dom Cleofas – respondeu o Coxo - espeto no olho, como diz o refrão de Castela? Bom, bom!

- Poucos há – respondeu o estudante – que oferecendo a piada, os olhem com respeito; mas lhe digo, pela amizade que já existe entre nós. Mas deixando isso de lado, como foi o passeio por esses mundos?

- Fiz tudo o que precisava e muito mais – respondeu o recém-chegado - e se quisesse, aquela boa gente juraria que sou o Grão Turco; e acredite que alguns guardam a palavra, sabem dizer a verdade e fazer amizades, melhor que vocês cristãos.

- Que rápido te convenceste! – disse dom Cleofas - Algo deves ter de demônio e vilão.

- É impossível – respondeu o Coxo.

- Porque descendemos todos da mais nobre e mais alta Montanha da terra e do círio, e mesmo que sejamos velhos sapateiros, sendo montanheses, todos somos fidalgos; muitos deles nascem, como os besouros e os ratos, da podridão.

- Sei bem que sabes Filosofia – disse dom Cleofas - melhor que se tivesses estudado em Alcalá, e que és mestre. Deixemos estas diferenças e termina de me contar tua jornada.

- Com o traje do país, como estás vendo – respondeu a Diabinho - para sujar todos (como certo amigo que por ser extremamente desasseado, sujou o de soldado, o de peregrino e o de estudante), voltei pelos Cantões, pela Bertolina e Genebra, e não tive nada a fazer nesses países porque seus habitantes são por si mesmos demônios, e isso é o que temos de mais seguro no inferno, depois das Índias.

Fui para Veneza, para ver um povoado tão prodigioso que está sobre o mar. Estive na praça de São Marcos, conversando com uns criados, pela manhã, e falando nas gazetas da guerra, disse-lhes que em Constantinopla tinha-se sabido, por espiões que estavam na Espanha, que há grandes prevenções dela, e tão prodigiosas, que até os defuntos se levantam, ao som das caixas, dos sepulcros; há quem diga que entre eles havia ressuscitado o duque de Osuna; apenas acabei de pronunciar, quando me escorri, para não perder tempo, em minhas diligências; deixando o Adriático, fui para a Marca de Ancona, e România; do lado esquerdo deixei Roma; mesmo os demônios, pela cabeça da Igreja militante, veneramos sua população. Passei por Florença e fui para Milão. Vi Gênova, a bela, cheia de novidades, e, cheguei a Vinaroz e os Alfaques, passando por Leon e Narbona.

Fui para Valença, que é linda na primavera, e passando pela Mancha, entrei em Madri; fiquei sabendo que uns parentes de tua dama andam te procurando para te matar, porque dizem que a deixaste sem reputação; o pior é o que me fofocou Zancadilla, demônio espião do inferno encarregado das tentações: Cem-chamas estava me procurando com uma requisição; acho melhor para evitar esses dois riscos, que tomemos distância. Vamos para Andaluzia, que é a mais larga do mundo; não temas nada, pois com o romance que diz:

Terei o inverno em Sevilha

e o verão em Granada

Não deixaremos lugar nela onde não andemos.

Virando para a janela que dava para a rua, disse:

Vamos usá-la como porta da taverna. Vamos, siga-me por ela dom Cleofas, que comeremos na venda de Darazutan, que fica em Serra Morena, a vinte ou vinte e duas léguas daqui.

- Não importa – disse dom Cleofas - já que és demônio apetrechado, apesar de coxo.

Dizendo isso, saíram os dois pela janela; o hospedeiro, desde a porta, gritou ao estudante quando o viu pelos ares, dizendo que pagasse a cama e a pousada. Dom Cleofas respondeu que quando voltasse a Andaluzia cumpriria com suas obrigações; e o hospedeiro, que parecia que estava sonhando, se benzeu e disse:

-Por Deus, como ele vai embora, tomara fosse o poeta, mesmo que levasse a cama e tudo amarrado no rabo.

O Coxo e dom Cleofas descobriram a tal venda e descendo entraram nela, pedindo comida ao vendeiro; ele disse que só tinha sobrado um coelho e um perdigão, que estavam no assador.

- Ponha-os no prato – disse dom Cleofas - senhor vendeiro, e traga o molho, pão, vinho e o saleiro.

O vendeiro respondeu que já os serviria, mas que esperassem que uns estrangeiros terminassem de comer, porque não havia outra mesa, só aquela que eles ocupavam. Dom Cleofas disse:

- Para não esperar, se estes senhores nos dão licença, poderemos comer juntos.

Sentaram os dois e o vendeiro trouxe a porção pedida, com todos os adereços; começaram a comer em companhia dos estrangeiros que eram um francês, o outro inglês, um italiano e um tedesco, que já tinha terminado a comida com brindes de vinho branco e clarete.

O italiano perguntou a dom Cleofas de onde vinha, e ele respondeu que de Madri. Repetiu o italiano:

- Que novidades há da guerra, senhor espanhol?

Dom Cleofas respondeu:

- Agora tudo é guerra.

- E contra quem dizem? - replicou o francês.

- Contra todo mundo – respondeu dom Cleofas – para colocá-lo aos pés do Rei da Espanha.

- Pois acredito – replicou o francês – que o Rei da Espanha...

E antes que acabasse de falar, dom Cleofas disse:

- O Rei da Espanha...

E o Coxo segurou-o dizendo:

- Deixe-me, dom Cleofas, que eu respondo; sou espanhol pela vida e com quem venho, venho; quero com elogios ao Rei da Espanha calar a boca destes bêbados, que se lerem as histórias dela, acharão que por ser Rei de Castela tem a virtude de tirar demônios, que é cirurgia mais generosa que curar feridas.

Os estrangeiros, vendo o espanhol calar, ficaram muito fingindo; nisso o Coxo, sentando-se melhor e com traje de castelão (já tinha se trocado durante o vôo), disse:

- Meus senhores, meu camarada ia responder; a mim, por ter mais idade me compete fazê-lo; escutem-me atentamente, por caridade.

O Rei da Espanha é um generosíssimo lebrel, que passa, só por uma rua, e não há quem não saia para latir, sem prestar atenção em ninguém; até que se juntam tantos, que se atreve um a beijar seu rabo; então volta e dando uma mãozada a uns e outros, fogem todos sem saber onde se enfiar, e fica a rua limpa e em silêncio; não se atrevem nem a latir, e sim a morder as pedras de raiva.

Isso mesmo acontece sempre aos reis contrários, com as senhorias e potentados; todos são cãezinhos com Sua Majestade Católica; porém cuide-se quem se atrever a lhe beijar o rabo, porque há de levar uma mãozada para ensinar aos demais, que não saibam onde se enfiar, fugindo dele.

Os estrangeiros começaram a se incomodar, e o francês disse:

- Ah, bugre espanhol!

E o italiano:

- Forfante, porco espanhol!

E o inglês:

- Nitesgut espanhol!

E o alemão, estava de um jeito que preferiu que os outros falassem por ele.

Dom Cleofas, que os viu falar e dizer heresias contra o que havia dito seu camarada, acostumado a sofrer pouco, e ao refrão de que "quem bate primeiro, bate duas vezes", levantando o banco onde estavam sentados os dois, bateu atrás deles, adiantando-se o companheiro com as muletas na mão, manejando-as tão bem, que o francês foi parar no telhado de outra venda, que ficava a três léguas dali; o italiano na Cidade Real, para que morresse onde todos pecam; o inglês, de cabeça em um caldeirão de água fervendo, que tinham para limpar um porco na casa de um lavrador de Adamuz e o tedesco, que se havia antecipado a cair de bruços aos pés de dom Cleofas, o devolveu ao porto de Santa Maria, de onde tinha saído quinze dias antes, para que dormisse a bebedeira.

O vendeiro quis entrar no meio e foi parar em Peravillo, no meio daquele charco de Gestas.

Voltaram a sentar para comer os despojos que tinham deixado os inimigos, muito devagar, mesmo sendo pouca a comida.

Entraram alguns rapazes que cavalgavam mulas na venda, chamando o hospedeiro e pedindo vinho, e atrás deles uma companhia de atores que iam de Córdoba para a Corte, com vontade de tomar um refresco na venda.

Vinham as damas, com boêmios, chapéus de plumas e máscaras nos rostos; os chapins, com prata, pendurados das poltronas, algumas com almofadas e outras sem; as capas dobradas, os chapéus, os alforjes; os músicos com as guitarras em caixas, alguns com esporas sobre os sapatos e as meias e outros com botas até o joelho; outros com varas para fazer andar suas cavalgaduras e as das mulheres. Os sobrenomes da maioria eram sevilhanos, e os nomes das atrizes resumiam-se em Marianas e Anas Marias, falando com o mesmo tom com que representavam.

A conversa com que entraram na venda era que haviam roubado Lisboa, assombrado em Córdoba e escandalizado Sevilha, e que haviam de sacudir Madri, porque com os elogios que tinham conseguido, iam derrubar todos os autores que entrassem na Corte.

Com isso, foram descendo das cavalgaduras, e os maridos, muito severos, ajudavam suas mulheres, chamando todos o hospedeiro.

A autora sentou-se em um tapetinho no chão; as demais princesas em volta, e o autor andava solicitando o regalo de todos, como pastor daquele gado. Ele disse:

- Com o senhor autor estou em pecado mortal por parte de meus camaradas.

- Por quê? – disse dom Cleofas.

O Diabinho respondeu:

- Porque é o pior ator do mundo e faz sempre demônios nos autos do Corpus, e está escalado para demônio de verdade, para que faça no inferno os autores se representarem comédias; há algumas que até para o inferno são ruins.

- Vi um aqui – disse dom Cleofas – que desejei bater-lhe na cara, porque galanteou em Alcalá uma donzela, moça minha, que se apaixonou por ele ao vê-lo fazer um rei da Dinamarca.

- Donzela – disse o Coxo – devia ser de lá; mas se quiseres – prosseguiu – nos vingaremos do autor e do representante, espera e verás o que faço; agora querem repartir uma comédia com a qual vão se apresentar em Madri, e sobre os papéis já verás o que acontece.

Ao mesmo tempo em que dizia isso o Coxo, o apontador da companhia tirou dos alforjes os papéis de uma comédia de Claramonte, que havia acabado de copiar em Adamuz, quando estiveram lá, dizendo ao autor:

- Vamos repartir os papéis enquanto preparam a comida e aparece o hospedeiro.

O autor aceitou, porque se deixava dominar pelo tal apontador, como homem que tinha grande experiência na comédia, e tinha sido estudante em Salamanca; o chamavam de "Filósofo"; chegando com o papel da segunda dama para Ana Maria, mulher do que cantava e dançava nos dias de Corpus, tendo dado a primeira dama para Mariana, a mulher do cobrador e que também fazia sua parte nas comédias de tramóia, disse que ela havia entrado para repartir entre as duas os primeiros papéis e que sempre lhe davam os segundos; que ela podia ensinar a representar às que andavam na comédia, porque tinha representado com as maiores atrizes do mundo, e que a chamavam de Amarilis, segunda com este nome. Esta outra lhe disse que não saberia olhar o que ela com seu sapato, representava, e respondeu a primeira que desde quando tinha tanta soberba, se em Sevilha até tinha lhe emprestado anáguas para fazer o papel de Dido na grande comédia de dom Guillen de Castro, estragando a comédia e fazendo com que vaiassem a companhia.

- Tu és a vaiada – disse a outra - e tua alma.

Chegaram às vias de fato, dizendo palavras maiores, tão grandes que alcançaram aos maridos; tirando ambos as espadas, começou uma batalha de comédia, com os ajudantes das mulas tentando separá-los.

Deixando-os embolados, saíram dom Cleofas e o Coxo da venda, a caminho de Andaluzia.

TRANCO VI

Ficaram os outros lá atacando-se a facadas, e teria sido pior se o vendeiro não tivesse chegado com a Irmandade, em busca dos que foram embora, para prendê-los, com espingardas e balestras; vendo esta nova matança em sua venda, e jarras e tinas e pratos quebrados na luta, os apaziguaram e prenderam os atores para levá-los à Cidade Real, onde teriam um encontro mais pesado com a autoridade que os trazia para Madri por ordem dos arrendadores, com comissão do Conselho.

Nesse tempo, nossos caminhantes, engolindo léguas de ar, como se fossem camaleões de aluguel, tinham passado Adamuz, do grande marquês do Carpio, Haro e nobilíssimo descendente dos senhores antigos de Vizcaya, e pai ilustríssimo do major Mecenas que os antigos engenhos e modernos tiveram, e cavalheiro que igualou com suas generosas partes sua modéstia.

Havendo passado os sete vaus, avistaram Córdoba pela sua fértil campina e celebradas pradarias, onde nascem e pastam tantos brutos, filhos de Zéfiro, mais que os que fingiu a antiguidade no Tejo português.

Entrando pelo Campo da Verdade (poucas vezes pisado por gente desta laia) para a Colônia, populosa pátria dos Sênecas e um Lucano, e do pai da Poesia espanhola, o celebrado Gôngora, no dia que se celebravam festas de touros, e outras festividades; chegaram e tomaram pousada na taverna das Rejas, que estava cheia de forasteiros que concorriam a esta celebração.

Prepararam-se para ir, limpando a poeira das nuvens. Chegando na Corredeira, que é a praça onde sempre se fazem estas festas, foram ver um jogo de esgrima, que estava no meio do povo, que sempre nestas ocasiões costumava assistir às festas, a cuja esfera não tinha chegado a linha reta, nem o ângulo obtuso nem obliquo; ainda se usava as unhas para cima e unhas para baixo da destreza primitiva que nossos antecessores usaram, e lembrando dom Cleofas do que diz o muito criativo Quevedo no *Bisbilhoteiro,* pensou que ia morrer de rir; bem que se deve ao grande dom Luis Pacheco de Narvaez ter tirado das escuras trevas da vulgaridade para a luz da verdade esta arte, e do caos de tantas opiniões, as demonstrações matemáticas desta verdade.

Havia deixado nesta ocasião a espada negra um moço de Montilha, bravo batedor, ficando no posto outro de Pedroches, não menos bizarro campeão, e atirando-se, entre outros que a foram pegar muito rápido, dom Cleofas a levantou primeiro que todos, admirando a resolução do forasteiro, que pelo jeito parecia de Castela, e dando a seu camarada a capa e a espada, como é costume, colocou bizarramente as plantas na palestra.

Nisso o Mestre, afastando os que olhavam, abriu a roda batendo palmas; partindo o andaluz e o estudante um em direção ao outro, elegantemente, correram uma ida e vinda sem se encostar; na segunda, dom Cleofas, que tinha algumas revelações de Carranza, no quarto círculo deu ao andaluz, com a sapatilha, um golpe no peito, e ele, um corte em dom Cleofas na cabeça, sobre a guarnição da espada; dom Cleofas, com um movimento acidental, deu uma batida tão grande, que soou como se tivesse sido no túmulo dos Castilha.

Alvoroçaram-se alguns amigos e conhecidos que havia no círculo e sobre o montante do senhor Mestre entraram atirando algumas estocadas a dom Cleofas, que com a sapatilha, como com água benta, as evitou e apelando à sua espada e capa, e o Coxo às suas muletas, armaram tal confusão, que foi necessário soltar um touro para apaziguá-los; tão valente montante de Serra Morena, que em dois tempos a praça ficou vazia.

Em cima de um tablado, dom Cleofas e seu camarada, muito falsos, ficaram assistindo a festa, como se nada tivesse acontecido.

Alguns policiais estavam de olho neles (porque nessas ocasiões a corda se parte sempre pelo lado do forasteiro), havendo desjarretado o touro, chegaram da praça a cavalo, dizendo:

- Senhor Licenciado e senhor Coxo, desçam, que o senhor Corregedor os está chamando.

Fazendo dom Cleofas e seu companheiro de conta que não era com eles, começaram os ministros e ajudantes da justiça a cutucá-los com varas; agarrando-se cada um à sua, disseram aos tais ministros, tirando-as com um puxão:

- Sigam-nos, se se atreverem a nos alcançar.

Elevando-se pelos ares, pareciam foguetes voadores; os tais policiais, sem as varas, pediam "Favor à justiça", ficando em suspenso e atribuindo a agilidade dos voadores a sonho.

Estavam altos os falcões, passando Guadalcázar, do ilustre marquês desse título, do claro sobrenome dos Córdoba que chegaram aos rolos de Ecija, dizendo o Coxo:

- Olha que gentil árvore, que costuma levar homens, como outras levam frutas.

- Que coluna tão grande é esta? – perguntou dom Cleofas.

- O celebrado rolo do mundo – respondeu o Coxo.

- Então, esta cidade é Ecija? – repetiu dom Cleofas.

- Esta é Ecija, a mais fértil população de Andaluzia – disse o Diabinho - que tem aquele sol nas armas da entrada dessa bela ponte, cujos olhos rasgados choram o Genil, caudaloso rio que tem seu solar em Serra Nevada, e depois fazendo com o Darro casamento de cristal, vem calçar de prata estes belíssimos edifícios e outros povoados de abril e maio.

Foi daqui Garci Sanchez de Badajos, o grande poeta; somente nesta cidade colhe-se algodão, semente que não nasce em nenhum outro lugar da Espanha, além de outros vinte e quatro frutos, sem semeá-los, os quais são vendidos por gente necessitada; a comarca também é muito fértil.

Montilha está aqui do lado esquerdo, lar dos heróicos marqueses de Priego, Córdobas e Aguilares, de cuja grande casa saiu, para honra da Espanha, o que mereceu se chamar Grande Capitão por antonomásia, e hoje a seu marquês ilustríssimo acrescentaram a casa de Feria, por morrer sem filhos aquele grande portento da Itália, que malogrou uma fortuna invejável, cujo grande sucessor, sendo mudo, ocupa com grandeza em silêncio eloqüente as línguas da Fama.

Mais embaixo está Lucena, do Alcaide dos Donzeis, duque de Cardona, em cujo oceano de brasões submergiu a grande casa de Lerma.

A seguir, Cabra, celebrada por sua sima, tão profunda como a antiguidade de seus donos, apregoa com as línguas de suas ameias, que é do ínclito duque de Sesa e Soma, onde vive hoje seu entendido e bizarro herdeiro.

Logo Osuna se oferece à demarcação destes ilustres edifícios, marcando com tantos mestres Girones a altivez de seus duques; a vinte e duas léguas daqui está a belíssima Granada, paraíso de Maomé, que não em vão defenderam tanto seus valentes africanos espanhóis, de cuja Alhambra e Alcazaba é alcaide o nobilíssimo marquês de Mondejar, pai do generoso conde de Tendilla, Mendozas da Ave Maria e credo dos cavalheiros.

Não esqueçamos, de passagem, de Guadix, cidade antiga e celebrada por seus melões, e muito mais pela divina criatividade do doutor Mira de Mescua, filho seu e arcediago.

Enquanto ia o Coxo relatando isso, chegaram à Praça

Maior de Ecija, que é a mais famosa de Andaluzia, e junto a uma fonte no meio do jaspe, com quatro ninfas gigantes de alabastro derramando lanças de cristal, havia uns cegos em um banco e muita gente de capa parda como auditório; estavam cantando a relação muito verdadeira que tratava de como uma maldita beata havia sido emprenhada pelo diabo, e que com a permissão de Deus havia parido uma ninhada de leitões, com um romance de dom Álvaro de Luna e uma letrinha contra os demônios que dizia:

Lúcifer tem úlceras,
Satanás sarna,
e o Diabo Coxo
tem hemorróidas.
Hemorróidas e lceras,
sarna e chatos,
sua mulher os tira
com alicates.

O Coxo disse a dom Cleofas:

- O que você acha do que dizem de nós esses cegos, e das sátiras que fazem? Nenhuma raça de gente se mete conosco, só estes, que têm mais ânimo que os mais criativos; mas desta vez vão me pagar, castigando-se eles mesmos com suas próprias mãos, e aproveitarei também para me vingar das beatas, porque não há no mundo quem não as queira mal, e nós temos grandes obrigações com elas, porque nos ajudam com nossas mentiras; são diabas fêmeas.

Sobre a entoação dos versos, colocou o Coxo tanta discórdia entre os cegos, que se empurrando primeiro e caindo no pilão da fonte uns, e outros no chão, tornando a se juntar moeram-se a pauladas, aproveitando os ouvintes para responder com socos e coices.

Como chegaram a Ecija com as varas dos alguazis de Córdoba, pensando que traziam alguma grande comissão da Corte, chegou a justiça da cidade para os recepcionar e oferecer suas pousadas, e eles, aproveitando a ocasião, admitiram as ofertas, com as que foram regalados como reis.

Quando perguntaram o que os trazia a Ecija, o Coxo respondeu que era contra os médicos e boticários, e visita geral de beatas; que aos médicos se proibia que depois de matar um doente, não lhes servisse a mula de sagrado, e que quando não fizesse isso, pelo menos, aos boticários que errassem os purgantes, que não pudessem ser castigados se fossem retraídos nos cemitérios das mulas dos médicos, que são as ancas; e que às beatas se proibisse tomar tabaco, beber chocolate e comer picadinho.

Achou o alguazil maior (que não era lerdo, e costumava fazer xácaras e entremezes) que estavam zombando deles, e quis agarrá-los para sacudir-lhes a poeira, por embelecadores e mentirosos; levantando o Coxo uma poeira de enxofre e pegando dom Cleofas pela mão, desapareceram, entre a cólera e resolução dos ministros ecijenses, deixando-os tossindo e espirrando, dando cabeçadas uns nos outros sem se entender.

Deixando à direita Palma, onde se junta Genil com Guadalquivir pelo vigário das águas, vila antiga dos Bocanegras e Portocarreros, de quem foi dono aquele grande cortesão e valente cavalheiro dom Luis Portocarrero, cujo coração excedeu em muitas varas sua estatura, logo Monclova, bosque delicioso e monte de Clovio, valoroso capitão romano, posse hoje de outro Portocarrero e Enriquez, não menos grande cavalheiro que o passado; a linda vila de Fuentes, de quem foi marquês o bizarro e não vencido dom Juan Carlos de Guzman, o Bom, que, depois de muitos serviços ao rei, morreu em Flandes, com a pena de todos e inveja demais, filho da grande casa de Medina-Sidonia, onde todos os Gusmãos são Bons por sobrenome, por sangue e por suas pessoas esclarecidas, habitação nobre dos duques de Arcos, marqueses que foram de Cádiz, de quem hoje é meritíssimo senhor o excelentíssimo duque dom Rodrigo Ponce de Leon, em quem se cifram todas as proezas e grandezas históricas de seus antepassados, vislumbrando ao longe Villanueva del Rio, dos marqueses de Villanueva, Enriquez e Riberas, hoje de dom Antonio Álvarez de Toledo e Beamonte, marquês seu e duque de Huesca, herdeiro ilustre do grande duque de Alba Condestable de Navarra, chegaram de um vôo os dois pássaros, não sendo este o maior par que haviam socorrido ao pé de Carmona, em sua dilatada, fértil e celebrada terra, onde anoiteceu; disse dom Cleofas ao amigo:

- Camarada, descansemos um pouco, que é muito passarear e parecemos corujas silvestres, já que a serenidade da noite e o verão chamam a ficar no campo.

- Sou desse parecer – disse o Coxo -: estendamos-nos neste prado junto a este arroio, espelho onde estão se tocando as estrelas, porque aguardam na madrugada a visita do sol, Grande Turco de todas essas senhoras.

Dom Cleofas, colocando a capa por cabeceira e a espada sobre o estômago, acomodou-se e estando virado para cima, passeando com os olhos pela abóbada celestial, disse ao camarada:

- Não me dirás, pois já viveste em aqueles bairros, se essas estrelas são tão grandes como esses astrólogos dizem quando falam de sua magnitude, e em que céu estão, e quantos céus há, para que não nos digam cada dia tantas e tão diversas opiniões, fazendo-nos de bobos com linhas e coluros imaginados, e se é verdade que os planetas têm epiciclos, e o movimento de cada céu, desde o primeiro móvel ao remisso e ao trepidante, e onde estão os signos destas estrelas, para que eu desengane o mundo e não nos vendam imaginações por verdades.

O Coxo respondeu:

- Dom Cleofas, nossa queda foi tão rápida, que não nos deixou reparar em nada; acredite que se Lúcifer não tivesse trazido atrás de si a terceira parte das estrelas (como repetem tantas vezes nos autos de Corpus) ainda haveria mais para nos fazer jogadas na Astrologia.

Isso tudo seja com perdão da vontade de Galileu e do

grande dom Juan de Espina, cuja célebre casa e peregrina cadeira são idéias de sua rara criatividade; eu falo de vontades como de telhas, e salvo a ótica destes senhores que descobriram no sol uma pinta do lado esquerdo, na lua viram montes e vales, e viram em Vênus corneta.

O que eu sei dizer, que no pouco tempo que estive lá em cima nunca ouvi falar em Buzina, Carro, Ursa Maior nem Ursa Menor, as Plêiades nem as Helíades, nomes que os da Astrologia lhes deram, e essa que chamaram Via Láctea, e agora o Caminho de Santiago, por onde anda tanto o coxo como o saudável; se não fosse assim, eu também, por ser coxo, teria que andar por aquele caminho, sendo filho daquela província.

Já tinha dom Cleofas pegado no sono, deixando o companheiro de guarda, como grulha da outra vida, quando um grande estrondo de clarins e cavalgaduras o acordou sobressaltado, receando que estava sendo levado para outro lugar mais desajeitado que o que o havia agasalhado até então; o Diabinho o tranqüilizou dizendo:

- Não te alvoroces, dom Cleofas, porque estando comigo não tens nada a temer.

- Que barulho tão grande é esse? – replicou o estudante.

- Eu te direi – disse o Coxo - se terminas de despertar e me escutas com atenção.

TRANCO VII

O estudante se incorporou então, suprindo com bocejos e se espreguiçando, o que faltava dormir, e prosseguiu o Coxo dizendo:

- Todo este estrondo traz consigo a casa da Fortuna que vai para a Ásia Maior para assistir uma batalha campal cntrc o Mogor e o Sofi, para dar a vitória a quem menos a merece.

Escuta e olha que esta que passa é sua recâmara, e em lugar de mulas vão mercadores e homens de negócios, carregados de caixas de moedas de ouro e prata com tapeçarias bordadas com as armas da Fortuna, que são os quatro ventos e um arpão em uma torre, cordas e tocos do mesmo metal, e, com tanto peso, vão descansados, ao que parece.

Essa tropa que passa agora é de oficiais de boca: cozinheiros, ajudantes de cozinha, garrafeiros, doceiros, despenseiros, padeiros e a demais canalha que toca a bucólica.

Estes que vêm agora a pé, com feltros brancos nos ombros, são lacaios da Fortuna, que são os maiores engenhos que já teve o mundo, entre os quais estão Homero, Píndaro, Anacreonte, Virgílio, Ovídio, Horácio, Síilio Itálico, Lucano, Claudiano, Estácio Papínio, Juvenal, Marcial, Catulo, Propércio, Petrarca, Sannazaro, Tasso, Bembo, Dante, Guarino, Ariosto, o cavalheiro Marino,

Juan de Mena, Castillejo, Gregório Hernandez, Garci Sanchez, Camões e muitos outros que foram em diferentes províncias os Príncipes da Poesia.

- Certamente cresceram pouco – disse o estudante - pois não passaram de lacaios da Fortuna.

- Não há em sua casa – disse o Coxo – quem tenha o que merece.

- Que esquadrão é esse tão brilhante, com jóias de diamantes e correntes e roupas cheias de ouro e pérolas – prosseguiu o estudante - que levam tantos pajens que os iluminam com tochas brancas, e vão sobre filósofos antigos que lhes servem de cavalos, com tão má figura que a maioria são corcundas, coxos, mancos, calvos, narigudos, zarolhos, canhotos e gagos?

- Estes são – disse o Coxo – potentados, príncipes e grandes senhores do mundo, que estão acompanhados pela Fortuna, de quem receberam os estados e as riquezas que têm, e, sendo tão poderosos e ricos, são os mais néscios e miseráveis da terra.

- Bom gosto teve a Fortuna, certamente! – disse dom Cleofas - Bem se vê que tem nome de mulher, pois escolhe o pior!

- Primeiro o devem à natureza – respondeu o Coxo; e prosseguiu dizendo -: Aquele gigante que vem sobre um dromedário, com um olho só, e este cego na metade da testa, com uma árvore nas mãos, cheio de bastões, mitras, louros, hábitos, capelos, coroas e tiaras, é Polifemo, que depois que Ulisses o cegou, encarregou-o da Fortuna para que a repartisse às cegas, e vai sempre junto ao carro triunfal da Fortuna, que é aquele puxado por cinqüenta imperadores gregos e romanos; ela vem cercada de faróis de cristal, com círios pascais acesos dentro deles, sobre uma roda cheia de canos de prata que sempre está enchendo e esvaziando o vento; do outro lado, no mesmo elemento, está cheio de camaleões que vão lhe dando memoriais, e ela quebrando-os.

Agora vêm seguindo-a suas damas em elefantes, com selas de ouro cheias de pedras preciosas.

A primeira é a Necedade, sua camareira maior, e apesar de feia, muito favorecida.

A Mudança é esta outra, que vai dando papéis de casamento, e não cumprindo nenhum. Esta é a Lisonja, vestida à francesa de tornassol de águas, levando na cabeça um íris de cores, e em cada mão cem léguas. Aquela a seguir, vestida de preto, sem ouro nem jóias, de lindo rosto e corpo, que vem chorando, é a Beleza; uma dama muito nobre e muito esquecida dos favores de sua ama. A Inveja a segue e a persegue, com um vestido cor de palha, bordado de basiliscos e corações.

- Sempre essa dama – disse dom Cleofas – come grossura; é falcão dos varais do palácio.

- Essa que vem aí – disse o Coxo - que parece prenha, é a Ambição, que está hidrópica de desejos e de Imaginações. Essa outra é a Avareza, que está coberta de ouro, e não quer pegar o aço, porque é um metal mais baixo. Aquelas que vêm lá, com toucas compridas e óculos, sobre minotauros, são a Usura, a Simonia, a Fraude, a Fofoca, a Soberba, a Invenção, donas da Fortuna. Os que vêm galanteando todas estas senhoras e iluminando-as com tochas de diferentes cores são ladrões, trapaceiros, astrólogos, espiões, hipócritas, passadores de moedas falsas, casamenteiros, noveleiros, corredores, gulosos e bêbados. Aquele que vem sobre o asno de ouro de Lúcio Apuleio é Creso, mordomo maior da Fortuna, e do seu lado esquerdo, Astolfo, seu cavalariço maior. Aqueles que vão sobre cubas com rodas, dando gargalhadas, são seus gentis homens do copo, que pri meiro foram taverneiros da Corte.

Aquela esquadra de selvagens que vêm em jumentos são contadores, tesoureiros, escrivães, administradores, historiadores, letrados, correspondentes, agentes da Fortuna e levam pilões por penas e pele de abade por papel. Atrás deles vem um palanquim, bordado com troféus, para as visitas da Fortuna; os carregadores são Pitágoras, Diógenes, Aristóteles, Platão e outros filósofos para alternar, com camisas e calções de pano de nácar, ferrados os rostos com esses e pregos.

Esses que vêm agora de três em três, sobre túmulos enlutados, são médicos da câmara e da família, boticários e barbeiros da Fortuna. Encerra todo esse esquadrão e acompanhamento aquela prodigiosa torre andante, que é a da Babilônia, cheia de gigantes, anãos, dançarinos e atores, de instrumentos musicais e marciais, de vozes, de algazarras, que se vêem e ouvem por infinitas janelas que têm no edifício, coroadas de luminárias e flechando girândolas e foguetes voadores.

Em uma sacada grande vai a Esperança, vestida de verde, muito alta e com muitos pretendentes por baixo; a pé, soldados, capitães, advogados, artífices e professores de diferentes ciências, mal vestidos, famintos e desesperados, gritando; com a confusão não se entendem os uns aos outros, nem os outros aos uns.

Em outra sacada do lado direito está a Prosperidade, coroada de espigas de ouro e vestida com três camadas de brocado, bordado com as quatro estações do ano, semeando bolsas sobre muitos mentecaptos ricos, que vão em liteiras roncando, pois não as necessitam e pensam que as sonham.

Agora acompanha todo este aparato uma infinita tropa de carroças compridas cheias de comida e roupas de mulheres e homens, que é o guarda-roupa da Fortuna; mesmo com tantos seguindo-a nus e esfomeados, não lhes dá um bocado para que comam nem um trapo para que se cubram e mesmo que os repartisse com eles, não serviriam, pois estão feitos somente na medida dos ditosos.

Seguia esta carruagem um esquadrão de loucos, a pé, a cavalo, e em carros com diferentes temas, porque haviam perdido o juízo por vários acontecimentos da Fortuna por mar e por terra, uns rindo, outros chorando, outros cantando, outros calando, e todos renegando dela; e não tomava o parecer de outros (diligência para não acertar nada), desaparecendo toda esta máquina confusa em uma poeira espantosa, em cujo temeroso pelágio afundou toda esta confusão, chegando o dia, e foi muito que não se perdesse o sol nessa poeira toda, como dom Beltrão dos planetas; subindo os dois camaradas ladeira acima para a recém-batizada cidade de Carmona, atalaia de Andaluzia, de céu tão sereno, fizeram uma pausa para uns coelhos e uns frangos em uma taverna chamada dos Cavalheiros; foram para Sevilha cuja torre tão celebrada se descobre desde a venda de Peromingo, o Alto, tão vizinha dos ares que parece que se descalabra nas estrelas.

Dom Cleofas se admirou no local com sua dilatada população, e da que fazem tantas diversas embarcações no Guadalquivir, vala de costal de Sevilha e de Triana, distinguindo-se mais de perto a beleza de seus edifícios, que parece que morreram virgens e mártires, porque todos estão com palmas nas mãos, que são as que se descolam de seus peregrinos pênseis entre tantas cidreiras, laranjeiras, limoeiros, louros e ciprestes; chegando logo a Torreblanca, a uma légua desta famosa cidade, desde onde começa sua Calçada e os canos de Carmona, belíssima ponte de arcos, por onde entra o rio Guadaira em Sevilha, cuja hidrotrópica sede bebe tudo, sem deixar nem uma gota para tributar ao mar; é o único rio no mundo todo que está privilegiado por esse peito; fazendo maior a beleza desta entrada há infinitas granjas, de um lado e do outro e em cada uma surge um jardim terrenal, com flores de laranjeira, mosquetas e jasmins reais.

Ao mesmo tempo que iam chegando à porta de Carmona, viu o Coxo que entrava por ela a cavalo, com vara alta e dois ajudantes trazidos do inferno, o Cem-chamas; virando-se para dom Cleofas disse:

- Aquele que entra pela porta de Carmona é delegado de meus amos, que vem contra mim a Sevilha; é necessário que nos escondamos.

- Eu estou matriculado em Alcalá – disse dom Cleofas - e nenhum tribunal tem jurisdição sobre minha pessoa; fora disso, dizem que Sevilha é um lugar tão confuso, que não nos encontrarão, se quisermos, todos os furões que têm Lúcifer e Belzebu.

Entrando na cidade, os dois com bom passo e guiando o Coxo, com a barba sobre o ombro, foram costurando ruas, e chegando em uma pracinha, reparou dom Cleofas em um edifício suntuoso que tinha um portal ostentoso de alabastro e uns corredores amplos da mesma pedra.

Perguntou dom Cleofas ao Coxo que templo era aquele, e ele respondeu que não era templo, apesar de ter tantas cruzes como Jerusalém, do mesmo relevo de mármore; eram casas dos duques de Alcalá, marqueses de Tarifa, conde dos Molares e adiantados maiores de Andaluzia, cuja grandeza herdou hoje o grande duque de Medinaceli, por falta de filhos herdeiros, que mesmo que fosse maior, não faria mais; por Fox e Cerda é o máximo que pode ser.

- Já conheço esse príncipe – disse dom Cleofas - o tenho visto na Corte sendo tão generoso e entendido como grande senhor.

Com esta conversa chegaram à Cabeça do Rei dom Pedro, cuja rua chama-se Candilejo e atravessando a rua dos Abades, a Borceguineria e o Atambor, chegaram às ruas da Água, onde entraram em uma pousada, das mais recatadas de Sevilha. Nesse tempo, nosso astrólogo ou mágico tinha sido levado a uma apoplexia pelo pequeno demônio canhoto que substituía o Coxo, e desceu para pedir justiça a Lúcifer no osso da alma, sem as marcas do corpo, da quebra de sua redoma.

Dona Tomasa, não esquecendo os desprezos de dom Cleofas, tratava com outra requisitória de vir para Sevilha, com um galã novo que tinha, soldado de galeões, para se vingar casando com o licenciado Vireno de Madri a Olimpia de má mão, sabendo que tinha escapado de lá. Dom Cleofas e seu camarada não saíam de sua pousada, para desmentir os espiões de Cem-chamas, Chispa e Redina; subindo a um terraço uma tarde, dos que têm em todas as casas em Sevilha, para tomar ar fresco e ver do alto mais particularmente os edifícios daquela populosa cidade, estômago da Espanha e do mundo, que reparte a todas as províncias a substância do que engole das Índias em prata e ouro (é avestruz da Espanha, pois digere os mais generosos metais), espantando-se dom Cleofas daquele numeroso exército de edifícios, tão epilogado, que se derramasse não caberia em toda Andaluzia, disse ao seu companheiro:

- Mostra-me daqui alguns particulares, que se descobrem à vista.

E o Coxo disse:

- Por aquela torre que descobrimos desde tão longe perceberás que essa belíssima fábrica que está encostada nela é a Igreja Maior e maior templo de todos que foram feitos na Antiguidade e neste século.

Não quero te dizer por baixo suas grandezas; basta te afirmar que seu círio pascoal pesa oitenta e quatro arrobas de cera, e o candeeiro de trevas, de grandeza notável, é de bronze, e de tanta ostentação e artifício, que se fosse de ouro não teria custado tanto.

Sua custódia é outra torre de prata, da mesma fábrica e modelo; seu coro não perdoou pedra bela e preciosa aos minerais; seu monumento é um templo portátil de Salomão.

Mas saiamos dela, pois mesmo com as relações e os pensamentos não podemos nós os demônios passear nela; olha para aquele edifício chamado a Lonja, cortado do pernil de São Lourenço, o Real, projeto de dom Felipe II, e do lado direito está o Alcázar, pousada real e antiga dos reis de Castela; fértil albergue da primavera, de quem é ilustríssimo alcaide o conde duque de Sanlucar La Mayor Gran Atlante del Hércules da Espanha, cuja prudentíssima cabeça é o relógio do governo de sua monarquia.

Se não fosse pelo Bom Retiro, fábrica de inimitável exemplar pelo edifício, os jardins e estanques, teria este palácio sevilhano a primazia de todas as casas reais do mundo, colocando em primeiro lugar o salão que a majestade do rei dom Felipe IV, o grande, copiou de sua divina idéia, onde todas as admirações ficam pequenas, e as maiores grandezas conspurcadas. Mais para frente está a Casa da Contratação, que tantas vezes se vê ladrilhada de barras de ouro e de prata.

A seguir é a casa do bizarro conde de Cantillana, grande cortesão, galã e palaciano, airoso cavalheiro da praça, crédito de seus aplausos e alegria de seus reis; isso confessam os touros de Tarifa e Jarama quando cumprem com suas lanças, como com a paróquia.

Logo está, junto à porta de Jerez, a grande Casa da Moeda, onde sempre há montes de ouro e prata, como de trigo, e junto a ela a Alfândega, monstro de todas as mercadorias do mundo, com duas bocas, uma para a cidade e outra para o rio, onde está a Torre do ouro e o cais, que absorve tudo quanto trazem amontoado os galeões dentro de seus camarotes.

Do lado direito está a ponte de Triana, de madeira, sobre treze barcos. Mais embaixo está a margem do celebrado rio, as Cuevas, monastério famoso de Cartuja de São Bruno, que, professando o silêncio mudo, vive na língua da água. Deste outro lado, sobre as margens do Guadalquivir, está Gleves, onde todos os romances antigos iam jogar, e hoje é de seus ilustres condes e do grande duque de Veragua, filho e retrato de tão grande pai, que é, para não temer Portugal e Colombo, Castro e Toledo.

- Soltaram-se – disse dom Cleofas – as consoantes, camarada.

- Foi cuidado, e não descuido – respondeu o Coxo - porque me dava mais que prosa o dono destes elogios.

E prosseguiu dizendo:

- Lá é Alamillo, onde se pescam vários tipos de peixes, e mais embaixo o Algaba, dos esclarecidos marqueses desse título, de Ardales, e condes de Teba, Gusmões em tudo.

Deste outro lado está o Castellar, dos Ramierz e Saavedras, e ali, Villamanrique, dos Zuñigas, da grande casa de Bejar, cujo último malogrado marquês foi Guzman duas vezes Bueno, sobrinho do grande Patriarca das Índias; capelão e esmoleiro maior do rei, cuja generosa piedade se equipara com seu ofício e com seu sangue; irmão do grande duque de Sidonia, cujo trono é Sanlucar de Barrameda, corte sua, que está rio abaixo, sendo Narciso do oceano e Generalíssimo de Andaluzia e das costas do mar da Espanha, a cujo mando obedece à água e à terra, garantindo a seu rei toda sua monarquia em aquele promontório de onde assiste, como brasão do mundo. Já chegou a noite, e destes elogios não posso sair menos que calando para encarecê-los, deixemos o demais para amanhã.

Desceram do terraço para se preparar para a janta, e sair um pouco pela cidade para sua famosa Alameda, que fez e adornou com as colunas de Hércules o conde de Barajas, assistente de Sevilha e depois digníssimo presidente de Castilha.

TRANCO VIII

Para executar seu desígnio, havia tomado dona Tomasa (sempre tomava, para cumprir com seu nome e sua condição) uma liteira para Sevilha, e uma mula para levar alguns baús para sua roupa branca e algumas galas, com as do tal galã soldado, e entrando os dois na liteira, partiram de Madri, como irmãos, com a requisitória que referimos.

A nosso astrólogo não haviam dado sepultura, sobre os papéis de um testamento que tinha feito uns dias antes e descobriram em uma escrivaninha uns parentes seus, e a justiça estava organizando esta litispendência.

O Coxo e dom Cleofas tinham dormido até as duas da tarde, por ter rondado por Sevilha a maior parte da noite, depois de haver comido alguns peixes daquela cidade e do pão que chamam de Galego, que é o melhor do mundo; havendo dormido a sesta (bem que o companheiro sempre velava, fazendo diligências para agradar a seu dono em razão de seu delito), subiram ao terraço, como na tarde anterior, e mostrando alguns edifícios a seu companheiro, dos que haviam ficado sem referir na tarde anterior naquela porção de povoados, suspirou duas vezes dom Cleofas, e perguntou o Coxo:

- Do que lembraste, amigo? Que memórias dividiram essas duas exalações de fogo desde o coração para a boca?

- Camarada – respondeu o estudante - me lembrei da rua Maior de Madri e de seu conhecido passeio a estas horas, até chegar ao Prado.

- Será fácil vê-lo – disse o Diabinho – tão vivo como está acontecendo agora; pede um espelho à hospedeira e terás o melhor momento de tua vida; mesmo que eu, em um abrir e fechar de olhos pudesse te colocar nele, porque as que eu conheço comem asas do vento por cevada, não quero que deixemos Sevilha até ver onde vão parar as diligências de Cem-chamas, e as de tua dama, que vem vindo para cá, e me encontro bem neste lugar, porque chegam a ele as consciências das Índias.

Nesse momento subia ao terraço Rufina Maria, que era a hospedeira, dama entre nogueira e granadilho, para não chamá-la de mulata; grande piloto dos rumos mais secretos de Sevilha, e falcão de voar uma bolsa de bretão. Usava um colete de holanda branco, com umas anáguas brancas e sapatos sem meias, como usam nesta terra; a estas horas subia no terraço com um pente e espelho; o Coxo aproveitando a ocasião, o pediu com muita cortesia, dizendo:

- Bem pode estar aqui a senhora hospedeira; eu sei que tem inclinação para essas coisas.

- Ai senhor! – respondeu Rufina Maria - se são da nigromancia, me perco por ela; sei jogar as favas melhor que muitas e tenho outros primores melhores, que farei a vocês se me fizerem, apesar de todos os entendidos dizerem que são bobagens.

- Não dizem mal – disse o Coxo - porém, com tudo isso, senhora Rufina Maria, podem confiar em tão grande talento os que eu quero mostrar ao meu camarada. Preste atenção.

Tomando o espelho na mão, disse:

- Quero mostrar aos dois o que está acontecendo agora na rua Maior de Madri; isto só um demônio pode fazer, e eu. Notem nos elogios dos senhores que passarem, que é mesa redonda, que cada um de por si faz cabeceira, e que não é pleito de credores, que estão uns antes que os outros.

- Ai senhor! – disse a tal Rufina - comece, que tem muito para ver; quando eu era criança, estive na Corte com uma dama que foi atrás de um cavalheiro de hábito de Calatrava que veio aqui fazer uns testes; depois me trouxeram meus pais para Sevilha, e fiquei com grande inclinação por essa rua; gostaria de tornar a vê-la, nem que seja neste espelho.

Quando a hospedeira acabou de dizer isso, começaram a passar carros, carroças, liteiras e cavaleiros a cavalo, e tanta diversidade de belezas e de galas que parecia que tinham se soltado abril e maio e desatado as estrelas. Dom Cleofas, olhando tudo para ver se passava dona Tomasa, pois ainda a tinha no coração, sem ter se conformado com tantos desenganos. Oh! proclive humanidade a nossa, que com os maus termos se abrasa, e com os agasalhos se destempera! Porém a tal dona Tomasa, naquele momento, já tinha passado de Illescas em sua liteira de dois lugares.

Rufina Maria estava fora de si, olhando como tantas figuras naquele teatro do mundo iam representando papéis diferentes, e disse ao Coxo.

- Senhor, mostre-me o rei e a rainha; desejo vê-los e não quero perder esta oportunidade.

- Filha – respondeu o Coxo - nestes passeios não saem suas majestades; se quiseres ver seus retratos ao vivo, logo chegaremos onde se cumpra seu desejo.

- Que seja em boa hora – disse Rufina - e prosseguiu dizendo: quem é esse cavalheiro e grande senhor que passa agora com tantos lacaios e pajens nessa carruagem que pode ser o carro do sol?

O coxo respondeu:

- Esse é o almirante de Castilha dom Juan Alfonso Enriquez de Cabrera, duque de Medina de Rioseco e conde de Módica, terror da França em Fuenterrabia.

- Ai, senhor! – disse Rufina - aquele não mandou embora os franceses da Espanha? Que Deus o guarde por muitos anos.

- Ele e o grande marquês dos Vélez – respondeu o Coxo – foram os Pelaios segundos, sem segundos, de sua pátria Castilha.

- Quem vem naquela carroça que parece da Primavera? – perguntou Rufina.

- Lá vem – disse o Coxo – o conde de Oropesa e Alcaudete, sangue de Toledo, Pimentel, e da real de Portugal, príncipe de grandes lugares; quem está do seu lado direito é o conde de Luna, seu primo, Quiñones e Pimentel, senhor da casa de Benavides em Leon, filho primogênito do conde de Benavente, que é Luna que também resplandece de dia.

O conde de Lemos e Andrade, marquês de Sarria, maceiro maior de Santiago, Castro e Enriquez, do grande duque de Arjona, vem naquela carruagem; tão entendido e generoso como grande senhor. Neste outro, o conde de Monterrey e Fuentes, presidente da Itália, que chegou a vice-rei de Nápoles, deixando tanto aplauso de seu governo nas duas Sicílias e sucedendo-o nesta dignidade o duque das Torres, marquês de Liche e do Toral, senhor do castelo de Aviados, ajudante de câmara de sua Majestade, príncipe Astilhano, e duque de Sabioneta, que é o título mais compatível com sua grandeza; a quem acompanha com sua grandeza, com não menos sangue e divina criatividade, na Itália, o marquês de Alcañices, Almansa, Enriquez e Borja.

Lá vem o Condestável prudentíssimo Velasco, gentil-homem da câmara de sua majestade, com seu irmão o marquês de Fresno. Segue o duque de Hilar, Silva e Mendoza, e Sarmiento, marquês de Alenquer e Ribadeo, grande cortesão, que pelo último título que dissemos tem o privilégio de comer com os reis na Páscoa.

Está com ele o marquês dos Balbases, Espínola, cujo sobrenome colocou seu grande pai nas estrelas. Aquele é o conde de Altamira, Moscoso e Sandoval, grande senhor e cavalheiro em tudo, cavalariço maior de sua majestade, a Rainha.

Lá vai o marquês de Povar, Aragão, com dom Antonio de Aragão e seu irmão, do Conselho de ordens e do supremo da Inquisição. Os que atravessam naquela carruagem agora são o marquês de Jodar e o conde de Peñarada, do Conselho Real de Castilha, ambos Simancas da nobreza.

- Quem são aqueles dois moços que vão juntos – perguntou Rufina - da mesma idade, e que levam chaves douradas?

- O marquês da Hinojosa – respondeu o Coxo - conde de Aguilar e senhor dos Cameros, Ramirez e Arellano é um, o outro é marquês de Aytona, favorecedor da Música e da Poesia, que herdou, de seu pai, até a posteridade, os são dois são camaristas.

- Que carruagem é aquela tão cheia, que vai espumando sangue generosíssimo em tantos bizarros moços? – perguntou a hospedeira.

- É o duque do Infantado – disse o Coxo -, cabeça dos Mendoza e Sandoval, marquês de Santillana e do Cenete, conde de Saldanha e do Real de Manzanares, filho e retrato de tão grande pai.

Os que vão com ele são o marquês de Almenara, o mais bizarro, galã e bem visto da Corte, filho do grande marquês de Orani, almirante de Aragão, perfeito cavalheiro; o marquês de São Romão, cavalheiro de verdade, herdeiro do grande marquês de Velada, raio de Oran, da Holanda e Gelanda, e seu irmão o marquês de Salinas, que iguala a alma com o corpo, cópias vivas de tão grande pai; dom Iñigo Hurtado de Mendoza, primo do duque do Infantado, grandes cavalheiros todos e senhores, que só eles podem se elogiar a si mesmos dizendo quem são, já que todas as línguas da Fama não são suficientes.

Com eles vai dom Francisco de Mendoza, gentil-homem cortesão, favorecido por todos e destro entre ambas cadeiras da espada branca e preta.

- Que tropa é essa que vem agora a cavalo? – perguntou Rufina.

- Se passarem devagar te direi – disse o Coxo. Estes dois

primeiros são o conde de Melgar e o marquês de Peñafiel, que levam em seus títulos seus aplausos; dom Baltazar de Zuñiga, o conde de Brandevilla seu irmão, filhos do marquês de Mirabel, e que parecem em tudo; o conde de Medellin, Portocarrero do homem, e o Príncipe de Arambergue, primogênito do duque de Ariscot; o marquês da Guarda, que tem título de anjo; o marquês de Liseda, Silva e Manrique de Lara e dom Diego Gomez de Sandoval, comendador maior de Calatrava, marquês de Villazores, Añover e Humanes; dom Baltazar de Gusmão e Mendoza, herdeiro da grande casa de Orgaz; Arias Gonzalo, primogênito do conde de Puñorostro, imitando as bizarrias de seu pai e afiançando as imitações de seu muito invencível avô.

Lá vêm o conde de Molina e dom Antonio Mesia de Tovar seu irmão, sendo crédito reciprocamente um do outro. Entre eles, dom Francisco Luson, brasão deste sobrenome em Madri, cujo magnânimo coração encontrará estreita pousada em um gigante.

Está com ele dom José de Castrejon, parente seu, grande cavalheiro, e ambos sobrinhos do ilustríssimo Presidente de Castilha. Nesta carruagem a seguir vem o duque de Pastrana, cabeça dos Silva, estudioso príncipe e grande senhor, com o marquês de Palácios, mordomo do rei e descendente único de Men Rodriguez de Sanabria, senhor de Puebla de Sanabria, mordomo maior do rei dom Pedro; o conde de Grajal, grande senhor, e o conde de Galve, irmão do duque, molde de bons cavalheiros, e em quem se achará, se fosse perdida, a cortesia.

Os que vão acompanhando-os são homens importantes de diferentes profissões; este é sempre seu séqüito.

Vem conversando em outra carruagem com o Príncipe de Esquilache seu tio e com o duque de Villahermosa, dom Carlos, seu irmão; este, do Conselho de Estado de sua Majestade, e o outro, príncipe dos engenhos.

Vai com eles o jovem duque de Villahermosa, dom Fernando, em quem o entendido e o bizarro correm parelhos, e dom

Fernando de Borja, comendador maior de Montesa, da câmara de sua majestade, com vinte e dois cursos de vice-rei.

Ali vem o marquês de Santa Cruz, Netuno espanhol e mordomo maior da rainha nossa senhora. Aquele é o conde de Alba de Liste, com o marquês de Tabara e o conde de Puñorostro.

Atrás deles, o duque de Nochera, Heitor napolitano e hoje governador de Aragão. Nessa outra carruagem vem o conde da Corunha, Mendoza e Hurtado das Nove Musas, em companhia do conde de Puebla de Montalban, Pacheco e Giron. Lá o marquês de Malagon, Ulloa e Saavedra; o marquês de Malpica, Barroso e Ribera; o de Fromista, pai do marquês de Caracena, celebrado por Marte castelão na Itália; o conde de Orgaz, Gusmão e Mendoza, de Santo Domingo e Santo Ildefonso, todos mordomos do rei.

Aquele é o marquês de Floresdávila, Zuñiga e Cueva, tio do grande duque de Albuquerque, que hoje está servindo em Flandes, capitão geral de Oran, onde foi assombro da África levantando as bandeiras de seu rei vinte e cinco léguas dentro da Berbéria. Lá vai o conde de Castrollano, napolitano Adonis. Aquele é o conde de Gracies Quesada e andaluz galhardo; O marquês de Velmar, o marquês de Tarazona, conde de Ayala, Toledo e Fonseca; o conde Santisteban e Cocentaina e o conde de Cifuentes, divinos engenhos; o conde da Calçada, e atrás dele o duque de Peñarada, Sandoval e Zuñiga.

Nesta outra carruagem, dom Antonio de Luna e dom Cláudio Pimentel, do Conselho de Ordens, Castor e Pólux da amizade e generosidade.

- Ai, senhor! aquele que vai naquela carruagem – disse Rufina - se não me engano, é de Sevilha e chama-se Luis Ponce de Sandoval, marquês de Valdeencinas, e eu me criei em sua casa.

O Coxo respondeu:

- É um muito grande cavalheiro e muito querido nesta terra e na Corte; que não é pouco. Aquele que o acompanha é o marquês de Ayamonte, título de Castilha e Zuñiga; não menos que ele é esse que vem nessa carruagem, o conde de Puebla do Mestre, que tem mais mestres em seu sangue que condes, moço de grandes esperanças, e seria de maiores posses se tivesse de seu lado a atenção da Fortuna. Lá está passando o conde de Castrilho, Haro, irmão do grande marquês de Carpio, presidente das Índias, e atrás dele, o marquês da Adrada e o conde de Banhos, pai e filho, Cerdas, da grande casa de Medinaceli. Esse outro é o marquês dos Trujilhos, bizarro cavalheiro. Depois deles, o conde de Fuensalida, com dom Jaime Manuel, da câmara de sua majestade e irmão do duque de Maqueda e Nájera, que hoje governa o tridente de ambos mares.

- Diga-me, senhor Licenciado – disse a Rufina -: que casas suntuosas são essas que estão na frente dessas joalheiras?

- São do conde de Oñate – disse o Diabinho - homem muito esclarecido dos Ladrões de Guevara, Mercúrio Maior da Espanha e conde de Villamediana, filho de um pai que faz imperadores, e hoje é presidente de ordens.

- E aqueles degraus que estão ali na frente – prosseguiu Rufina Maria - tão cheios de gente, de que templos são, ou que fazem ali tantos homens vestidos com diferentes cores?

- Aquela é a escadaria de São Felipe – respondeu o Coxo - convento de Santo Agostinho, que é o lugar onde ficam soldados, de onde saem as novidades antes que os acontecimentos.

- Que enterro é esse tão suntuoso que está passando pela rua Maior? – perguntou dom Cleofas que estava tão curioso como a mulata.

- Este é do nosso astrólogo – respondeu o Coxo - que jejuou toda sua vida para que o comam todos estes em sua morte; e sendo seu retiro tão grande quando estava vivo, ordenou que o passeassem pela rua Maior depois de morto, no testamento que encontraram seus parentes.

- Velhaco carro – disse dom Cleofas – é um ataúde para esse passeio.

- Esses são os mais comuns – disse o Coxo -, e dos que mais

rodam no mundo. Agora acho – prosseguiu dizendo – que meus amos estarão menos indignados comigo, pois a prenda que solicitavam por mim a tem lá, até que vá esta outra metade, que é o corpo, para se regalar naqueles banhos de pedra enxofre.

- Com suas brasas o coma! – disse dom Cleofas.

Rufina estava tão absorta olhando o rua Maior, que não percebeu a conversa deles, e, virando-se para ela, o coxo disse:

- Já estamos chegando, senhora hospedeira, para cumprir seus desejos; essa é a Porta do Sol e a praça de armas do melhor que há em Madri. Aquela belíssima fonte de lápis-lazúli e alabastro é a do Bom Sucesso onde, como em pleito de credores, estão os aguadores galegos gozando de suas preferências para encher os cântaros de água.

Aquela é a Vitória, de frades mínimos de São Francisco de Paula, retrato daquele humilde e seráfico portento que no palácio de Deus ocupa o assento de nosso soberbo príncipe Lúcifer; olhe ali na frente os retratos que prometi lhe mostrar; sem estar a mulata na conversa que o Coxo dirigia a dom Cleofas, disse:

- Que linda fileira de senhores, parece que estão vivos!

- O rei, nosso senhor, é o primeiro – disse o Coxo.

- Que homem! – disse a mulata - que bizarros bigodes tem, e como parece rei na cara e na arte! Que bela está junto a ele a rainha, nossa senhora, e que bem vestida e arrumada! Deus a guarde! Aquele menino de ouro que vem atrás, quem é?

- É o príncipe – disse dom Cleofas – que penso que o criou Deus na turquesa dos anjos.

- Deus o abençoe – replicou Rufina - e meu olho não lhe faça mal; que vivendo mais que o mundo, nunca herde seu pai e viva seu pai mais séculos que as torres que tem em sua monarquia.

Ai senhor! – prosseguiu Rufina – quem é aquele cavalheiro que parece estar vestido à moda turca, com aquela senhora tão linda do lado, vestida à espanhola?

- Não é – disse o Coxo – traje turco; é roupa húngara, pois foi rei da Hungria, é Ferdinando da Áustria, imperador do Alemanha e rei dos Romanos; a imperatriz é sua esposa Maria, sereníssima infanta de Castilha, que até os demônios celebramos suas grandezas.

- Quem é aquele com tão belo rosto e tão grande cabeleira – perguntou a mulata - que está também vestido de soldado, tão bizarro, e tão airoso, que leva os olhares de todos, e tem tanto auditório olhando-o?

- Aquele é o sereníssimo infante dom Fernando – respondeu o Coxo – que está por seu irmão governando os estados de Flandes, sendo arcebispo de Toledo e cardeal da Espanha; deu ao inferno as maiores entradas de franceses e holandeses que jamais teve depois que se representa nele a eternidade de Deus, mesmo que entrem as de Jerjes e Dario.

Penso que se deve dar lugar a mulheres luteranas, calvinistas e protestantes que seguem a seita de seus maridos, tanto, que na maioria dos dias volta o dinheiro ao purgatório.

- Tenho vontade, se pudesse – disse a mulata - de lhe dar mil beijos.

- Está no país – disse dom Cleofas - onde terá o original bastante mercadoria para isso; esta cerimônia deixou Judas semeado naqueles países.

- Oh, como me pesa – disse a Rufina – que já vai anoitecendo e se encobrindo o pessoal da rua Maior!

- Todos desceram para o Prado – disse o Coxo - e não há mais nada para ver nela; pegue seu espelho, outro dia mostraremos nele o rio Manzanares, que chama rio porque ri dos que vão se banhar nele, não tendo água; somente tem a areia regada, e passa no verão à noite, como rio navarro, sendo o mais merendado e jantado de todos os rios que há no mundo.

- É o mais caudaloso – disse dom Cleofas - pois leva mais homens, mulheres e carros que peixes os dois mares.

- Já me espantava – disse o Coxo – que não falasses no

teu rio. Responde ao vascaíno que disse: “Ou vende a ponte, ou compra o rio”.

- Madri não precisa de rio maior – disse dom Cleofas - pois há muitos que nele se afogam em pouca água, e em menos se afogará aquele regedor que entrou na Assembléia das rãs do Moinho queimado.

- És muito galante – disse o Coxo - dom Cleofas, até contra teus regedores!

Desceram do terraço, e a Rufina dizia ao Coxo que tinha que cumprir sua palavra no dia seguinte. Tudo isso e o que mais acontecer fica para outro tranco.

TRANCO IX

Saindo para o exercício da noite, mesmo que as ruas de Sevilha, na maioria das vezes, sejam filhas do Labirinto de Creta, como o Coxo era Teseu em todas, sem o novelo de Ariadne, chegaram ao bairro do duque, que é uma praça mais larga que as outras, ilustrada com as ostentosas casas dos duques de Sidonia, como o mostra sobre suas armas e coronel um menino com uma adaga na mão; segundo Isaac no fato, como o outro na obediência, o tal que morreu sacrificado à lealdade de seu pai dom Alonso Perez de Gusmão, o Bom, alcaide de Tarifa; aposento sempre dos assistentes de Sevilha, e hoje com tanta aprovação o é, conde de Salvatierra, gentil-homem da câmara do senhor infante Fernando e segundo Licurgo do governo.

Ao entrar pela rua das Armas, que fica à esquerda, em um grande quarto, cujas grades mostravam algumas luzes, viram muita gente de capa, sentados com muita ordem, e um em uma cadeira com uma escrivaninha na frente, um sino, material para escrever e papéis; dois assistentes aos lados, e algumas mulheres com mantos, sentadas no chão, que era o espaço que havia entre os assentos; o Coxo disse a dom Cleofas:

- Esta é uma Academia dos maiores engenhos de Sevilha; juntam-se nesta casa para conferir coisas da profissão e fazer versos de diferentes assuntos. Se quiseres (pois és homem inclinado a estas habilidades), entra para te distrair lá dentro, já que por hóspedes e forasteiros não podemos deixar de ser bem recebidos.

Dom Cleofas respondeu:

- Em nenhum lugar podemos nos distrair tanto, entremos.

Trazendo no ar, para entrar mais disfarçados, dois pares de óculos, com suas cordas de violão para as orelhas (que tirou de dois descorteses, que com esse furto diminuem sua descortesia, e que estavam dormindo), entraram muito sérios na tal Academia, que patrocinava, com a cortesia costumeira, o conde de la Torre, Ribera, e Saavedra, e Gusmão e cabeça dos Ribera.

O presidente era Antonio Ortiz Melgarejo, da insígnia de São João, gênio eminente da Música e da Poesia, cuja casa foi sempre o museu de Poesia e da Música. Era secretário Álvaro de Cubillo, gênio de Granada que tinha vindo para Sevilha para alguns negócios, excelente cômico e grande versificador, com aquele fogo andaluz que todos os que nascem naquele clima têm; Blas de las Casas era fiscal, espírito divino no divino e humano.

Eram conhecidos, entre os demais acadêmicos, dom Cristóvão de Rozas e dom Diego de Rosas, criativos peregrinos que honraram o poema dramático, e dom Garcia de Coronel e Salcedo, fênix das letras humanas e primeiro Píndaro andaluz.

Levantaram todos quando entraram os forasteiros, fazendo com que se acomodassem nos melhores lugares que acharam, e, sossegada a Academia ao toque do sino do presidente, pediu aos forasteiros que para honrar aquela Academia repetissem alguns versos seus, que era impossível que não fizessem bons os que haviam entrado para ouvir os passados.

Dom Cleofas sem se fazer de rogar, por parecer entendido e cortesão de nascimento disse:

- Eu obedeço, com este soneto que escrevi à grande máscara do rei nosso senhor, que foi celebrado no Prado alto, junto ao Bom retiro, tão grande anfiteatro que apagou a memória dos antigos gregos e romanos.

Calaram todos, e disse em voz alta, com atitude bizarra e airosos gestos:

Soneto

Aquele que, além de homem, vestido
com seus próprios augustos esplendores,
ao sol tem por vice-rei, e em maiores
climas seu nome estreita esclarecido;

aquele que, sobre uma safira nascida
entre os cidadãos moradores
do Betis, a quem mais que flores
plumas para ser pássaro bebeu;

aquele que a luz e tornos desafia,
na maior palestra que viu o solo
quanta lhe vê estrelada monarquia,

é, apesar do bárbaro desvelo,
Filipe, o Grande, que, árbitro do dia
está dividindo impérios com o Céu.

Aplaudiu-o toda a Academia com um dilatado estrondo festivo; percebendo o Coxo, ajeitou-se como é costume nos homens, sendo ele espírito, e disse deste modo:

A UM ALFAIATE TÃO CAVALHEIRO,
QUE NÃO QUERIA
CORTAR AS ROUPAS DE
SEUS AMIGOS
REMETENDO-AS A SEU MESTRE AJUDANTE

SONETO

Pánfilo, já que os eternos deuses,
pelo secreto fim de seu juízo,
não te fizeram tribuno nem patrício,
com que, à dignidade do César ouses,

razão será que o ânimo repouses,
fazendo em ti oblação e sacrifício;
dizem que não acodes a teu ofício
estes que cortam o que tu não costuras.

Volta os olhos ao teu primeiro estado;
as togas costura, e deixa de vesti-las;
porque um plebeu não aspira ao consulado.

Isto, Pánfilo, Roma te aconselha:
não digam que de plumas te furtaste
que quiseste te vestir como corvo.

O soneto foi o mais aplaudido de toda a Academia, dizendo que parecia epigrama de Marcial, ou em seu tempo composto por algum poeta que o quis imitar, e outros disseram que adoeceu do Doutor de Villahermosa, divino Juvenal aragonês, pedindo o conde de la Torre a dom Cleofas e ao Coxo que honrassem aquela junta enquanto estivessem em Sevilha, e que dissessem os nomes supostos com que haviam de assisti-la, como se usou na Corusca e na Academia de Cápua de Nápoles, de Roma e de Florença, na Itália, e como se costumava naquela. Dom Cleofas disse que se chamava *o Enganado*, e o Coxo *o Enganador*, sem se entender o fundamento que tinham os dois nomes; repartindo os assuntos para a próxima Academia, nomearam como presidente dela *o Enganado* e como presidente dela *o Enganado* e como fiscal *o Enganador*, porque o ofício de secretário não mudava, fazendo este agrado aos forasteiros, e porque acharam que eram muito criativos.

Tirando um violão uma dama, com outras duas cantaram a três vozes um romance excelente de dom Antonio de Mendoza, soberano engenho montanhês, dono eminentíssimo do estilo lírico, a cuja divina música estão estreitamente ligadas todas as considerações de sua fortuna.

Acabando a Academia naquela noite, dividiram-se indo cada um para sua pousada, apesar de ser ainda cedo, porque não eram nove horas.

Dom Cleofas e o Coxo desceram para a Alameda, com o pretexto de tomar ar fresco na Alamenilla, baluarte belíssimo que resiste ao Guadalquivir, para não alagar aquele grande povo em suas contínuas e soberbas avenidas. Chegando a São Clemente o Real, que estava no caminho do lado esquerdo, o convento ilustríssimo de freiras, que são senhoras de todo aquele bairro, e de vassalos fora dele, patronato magnífico dos reis, fundado pelo santo rei dom Fernando, porque no dia de sua atribuição ganhou aquela cidade dos mouros; o Coxo disse a dom Cleofas:

- Este real edifício é gaiola sagrada de um serafim, ou Serafina, que foi o primeiro doce rouxinol do Tejo, cuja divina e estrangeira voz não cabe nos ouvidos humanos, e sobe em simétrica harmonia para solicitar a capela empírica, prodígio nunca visto no diapasão nem na natureza; não por isso privilegiada da inveja.

A estas hipérboles ia dando linha (verdades poucas vezes ditas pela sua língua), quando, ao chegar a outra rua, poucas vezes transitada naquele horário por ninguém, ouviram grandes gargalhadas e aplausos de regozijo em uma casa baixa; era um edifício humilde que tinha um jardim com grades algo altas, que deixavam entrever algumas luzes aos que passavam. Perguntou dom Cleofas ao Coxo que casa era aquela onde havia tanto regozijo naquele horário. O Diabinho respondeu:

- Este é um garito de pobres; aqui se juntam eles e elas, depois de haver pedido o dia todo, para se distrair e jogar, e decidir onde mendigarão no dia seguinte, para que não se encontrem umas esmolas com outras.

Entremos e nos distrairemos um pouco; sem ser vistos nem ouvidos, ficando invisíveis com minhas boas manhas podemos registrar este conclave de São Lázaro.

Com estas palavras, pegando dom Cleofas pela mão, entraram por um pequeno balcão que do lado direito tinha o mendigo cômodo; na porta haviam colocado um porteiro para que só entrassem os que eles quisessem e os que fossem sinalados pela mão de Deus; descendo por uma escada de caracol a uma sala térrea, algo espaçosa, cujas janelas davam a um jardim de urtigas e malvas, como de gente que havia nascido nelas, a encontraram ocupada com muita ordem pelos pobres que tinham vindo; haviam começado a jogar por garrafas de vinho, que naquele lugar nunca há o suficiente, alguns olhavam, em pé.

A mesa sobre a qual jogavam era de pinho, com três pés e outro suposto, que podia pedir esmolas como eles, havia um candeeiro de barro com uma tocha de breu, o baralho com os dedos de mofo faziam charque, de tão manuseados por aqueles príncipes, e o barato que tiravam iam colocando sobre o candeeiro.

Deste outro lado estava o estrado das senhoras, sobre uma esteira de esparto, que ficara do inverno passado; estavam todos muito remendados. Quando estavam entrando dom Cleofas e seu companheiro, disse uma mulher: "Lá vem o Diabo Coxo" e dom Cleofas alterado disse ao seu camarada:

- Juro que nos reconheceram.

- Não te preocupes – respondeu o Diabinho – porque não nos reconheceram nem podem nos ver, como tinha te dito antes; o que disse a pobre mulher que vem é aquele que está entrando agora, com uma perna de pau e uma muleta na mão e vem tirando a montagem; entre eles o chamam de Diabo Coxo, porque é um velhaco, mentiroso e ladrão, e estou farto dele e delas porque o chamam assim; é uma sátira que me fizeram com isso, e eu sinto muito; mas esta noite acho que vão me pagar.

- Muito grande atrevimento – disse dom Cleofas – é querer apostar contigo, sendo você o demônio mais travesso do inferno e não haverá ninguém que não te pague.

- Estes pobres – disse o Coxo – como são de Sevilha, também dão uma de valentes, e brigarão com os diabos; mas não alardeará, se eu puder, de haver saído livre desta brincadeira; porque neste mundo se atreveram comigo somente três tipos de gente: atores, cegos e pobres; os demais mentirosos e gente desse gênero passam por demônios como eu.

Nisto, já tinha se acomodado, sentando no chão o Pedepau, Diabo Coxo segundo com esse nome, dizendo muitos galanteios às damas, quando entrou o Morcego, chamado assim porque pedia à noite aos gritos pelas ruas, com Sopa-em-vinho, que o havia encontrado em uma taverna, e descoberto pelo rastro dos mosquitos que saiam dele, como de uma cuba.

Convidou-os a sentar o Chicharro e o Galo, um porque cantava pedindo nas sestas no verão, e o outro porque mendigava pelas madrugadas; tomaram o chão por melhor assento, porque qualquer coisa mais alta os desvanecia, quando entrou um pobre em um carretão, a quem chamavam de duque; todos levantaram, eles e elas para lhe fazer cortesia; ele, tirando um chapeuzinho que tinha sido balde de poço, disse:

- Por favor, fiquem calados e quietos ou vou me embora.

Temendo isso e chegando o rapaz que trazia o carretão até a mesa onde se jogava, pediu cartas. Faraó, que era um dos jogadores, chamado assim porque pedia praguejando nas portas das igrejas e o Sargento, que tinha um braço a menos, disseram que os deixasse jogar sua excelência, pois estavam irritados, e que depois fariam o que mandava; veio o duque com o marquês dos Tamancos, que era um pobre que andava se arrastando mas da cintura para cima era um galã, e estava distraindo as damas, dizendo:

- Com você me vingo, porque está melhor parado.

E as damas não precisavam dos dois para nada.

A Postilhona pedia esmolas, não deixando rua nem bairro sem andar a cada dia; trocou algumas palavras com a Berlinga, tão comprida como o nome, sobre ciúmes do duque; e a Paulina, apelidada assim porque maldizia quem não lhe dava esmola, irritou-se com a Galeona, que era chamada assim porque andava rodeada de crianças que alugava para pedir, sobre ter falado palavras pesadas ao marquês, sem que sua senhoria tivesse dado motivo; entraram no meio a Lagartixa e a Mendruga para agitá-las mais; o Pé-de-pau enfrentou as Forças de Hércules, que eram dois pobres, e se não tivesse se metido Zampalimosnas, que era o gariteiro, e o Pericon da Barqueira, o Funil o Temerário, Traga-dardos, Zancayo, Peruétano e Enforca-sopas, teria havido um quebra-pau dos diabos entre os pobres. O duque e o marquês impuseram suas autoridades, e para aquietar tudo enviaram por um particular que trouxesse logo Pé-de-pau; foram uns cegos com uma gaita que se recolhiam perto dali e foi preciso pagar adiantado para que se levantasse; o duque disse que nunca tinha pagado tão caro por um particular. Ao mesmo tempo que entrou Pé-de-pau com o particular, entrou atrás deles Cem-chamas, com a vara, junto com Chispa e Redina, perguntando:

- Quem aqui é o Diabo Coxo? Me avisaram que está aqui neste garito dos pobres, e não sai ninguém deste aposento até que eu reconheça todos, porque me interessa fazer esta prisão.

Os pobres e as pobres se assustaram vendo a justiça em seu garito, e o verdadeiro Diabo Coxo, como quem deixa a capa ao touro, deixou Cem-chamas com os pobres e pela escada de caracol, saíram do garito ele e dom Cleofas.

- É este – disse o duque indicando Pé-de-pau -; nós nem homens como nós vamos defender da justiça homens tão delinqüentes (se vingando de algumas trapaças que tinha feito nas esmolas da sopa dos conventos); quando o agarraram Chispa e Redina, começou Pé-de-pau a pedir igreja gritando (em uma bodega fez o mesmo), querendo lhes dar a entender que era ermida, e não garito, onde estavam e que todos tinham vindo orar nela. O tal Cem-chamas, Chispa e Redina começaram a tirá-lo arrastando, dizendo, entre alguns socos e tapas:

- Não penses, ladrão, que escaparás com essas mentiras de nossas mãos; porque já te conhecemos.

Então o marquês, enfiando as mãos nos tamancos, disse:

- Por que temos que consentir que não se contradiga o duque e que se prenda um coitado como o Coxo? Pela vida da Marquesa que não vão levá-lo!

Ficaram os demais pobres do seu lado e, apagando as luzes, começaram com as cadeiras, muletas e bastões a bater nele e em seus ajudantes a escuras; soavam as gaitas e os demais instrumentos, o que fazia com que não se ouvissem uns aos outros; acabou a luta com o dia e com a fuga dos que haviam apanhado.

TRANCO X

Nesse tempo chegavam a Gradas seu camarada e dom Cleofas, tratando de se mudar daquela pousada, porque Cem--chamas já estava no rastro deles, quando viram entrar pela porta dois soldados, e disse o Coxo a dom Cleofas:

- Estes vão ficar na pousada a caminho de Caldebayona ou Pajeria; é tua dama e o soldado que vêm em sua companhia, que, para finalizar a jornada, deixaram a liteira e vão descansar.

- Juro por Deus – disse dom Cleofas – que o matarei antes que desça, e cortarei as pernas de dona Tomasa!

- Sem risco para você será feito tudo isso – disse o Coxo - e sem tanta demonstração pública; vai por mim agora, que eu te deixarei satisfeito.

- Fico mais calmo – disse dom Cleofas - que estava louco de ciúmes.

- Já sei que doença é essa, pois se compara a todo o inferno junto – disse o Diabinho. Vamos para a casa de nossa mulata; almoçarás e comutarás em sonhos a pendência. Lembra que serás presidente da Academia e eu fiscal.

- Puxa – disse dom Cleofas - tinha esquecido com esses

problemas; mas é importante que cumpramos com nossa palavra como quem somos.

Tendo se mudado da pousada da Rufina para outra de Mouraria, mais recatada, passaram os dias que faltavam para a Academia estudando e escrevendo; dom Cleofas estava fazendo uma oração para prelúdio dela, como é costume e obrigação das presidências de tais atos.

Chegando o dia, arrumaram-se o melhor que puderam, e ao anoitecer partiram para a palestra, onde os esperavam os mais criativos com a admiração dos seus, e foram se sentando nos lugares correspondentes; fazendo um sinal com o sino para obrigar ao silêncio, dom Cleofas, chamado de *o Enganado* na Academia, fez uma oração excelentíssima em verso e desataram os assombros a seus elogios. Pronunciando a última palavra, que é o *Dixi*, tornando a soar o pássaro de prata, disse:

- Quero parecer presidente publicando agora, depois de minha oração, umas premissas que guardem os divinos engenhos que me constituíram nesta dignidade; lendo um papel que trazia dobrado no peito:

PREMISSAS E ORDENANÇAS
QUE DEVEM SE GUARDAR
NA ENGENHOSA
ACADEMIA SEVILHANA
DE HOJE EM DIANTE

Para que se celebrem e publiquem com a solenidade necessária, servindo de atabaques os quatro ventos e de trombetas o Músico de Trácia, tão marido, que por sua mulher *descendit ad inferos*, e Arion, que sendo dos piratas com quem navegava jogado ao mar por roubá-lo, deu-lhe um delfim em suas escamosas costas, ao som de seu instrumento, cadeiras para que não naufragasse, *et coetus, et Amphion Thebanae urbis*; pregoeiro da Fama, que penetra províncias e elementos, e secretário que as dite Virgílio Marón, príncipe dos poetas, e digam assim:

Dom Apolo, pela graça da Poesia, rei das Musas, príncipe da Aurora, conde e senhor dos oráculos de Delfos e Delo, duque do Pindo, arquiduque das duas Fontes do Parnaso e marquês da Fonte Cabalina, etc., a todos os poetas heróicos, épicos trágicos, cômicos, dramáticos, autistas, entremezeiros, e os demais de nosso domínio, tanto seculares como eclesiásticos.

Como advertindo as grandes desordens e desperdícios com os quais viveram até aqui os que manejam nossos ritmos, e que são cantos os que, sem temor a Deus e às suas consciências, compõem, escrevem e fazem versos, procurando noite e dia os estilos, conceitos e modos de dizer dos maiores, não imitando-os com o equilíbrio e perífrases que aconselham Aristóteles, Horácio e César Escalígero, e os demais censores que nossa Poética adverte, e sim remendando-se com emendas dos outros e fazendo fraudes de versos e trapaças, e para remediar isso como é justo, ordenamos e mandamos o seguinte:

Inicialmente, manda-se que todos escrevam em espanhol sem introduzir outras línguas, e que quem diga *fulgor, libar, nume, purpurar, meta, trâmite, afetar, pompa, trêmula, âmago, idílio*, e outras iguais a essas, e introduzir posposições desatinadas, fique privado de ser poeta por duas Academias, e na segunda vez, sejam confiscadas suas sílabas e consoantes, como traidores a sua língua materna.

Que ninguém leia seus versos em idioma de xarope, nem com gargarejos, e sim em nossa pura pronúncia, sob pena de não ser ouvidos por ninguém.

Por quanto celebraram o fênix na Academia passada em tantos gêneros de versos, e em muitas ocasiões o fizeram outros, levantando falsos a esta ave e chamando-a de filha e herdeira de si mesma e pássaro do sol, sem ter pegado em sua mão nem tê-la conhecido se não for para servi-la, nem haver nenhuma testemunha da vista de seu ninho, e ser o inculto dos pássaros; se em nenhuma região encontrou ninguém seu aduar, mandamos que se coloque perpétuo silêncio à sua memória, levando em conta que é louvor supersticioso e pássaro de nenhum proveito para ninguém, pois suas penas não servem para enfeitar cortesãs nem militares, e ninguém escreve com elas; sua voz não deu música a nenhum melancólico, nem seu peito alimento a nenhum doente; é pássaro duende, pois dizem que existe mas ninguém o encontra; finalmente, suspeita-se de seu sangue, pois não tem avô que não tenha sido queimado; havendo no mundo o pássaro celeste, o cisne, a águia (não era bobo Júpiter, pois a escolheu como sua embaixatriz), a garça, a pomba de Vênus, o pelicano, afronta dos miseráveis e finalmente o capão de leite.

Este sim deve ser elogiado, e matem uma fênix a quem seja seu devoto, quando tenha necessidade de comer.

Deus perdoe Claudiano, que celebrou esta necessidade imaginária, para que todos os poetas pecassem nele.

Chegou até nós a notícia de que há uma linhagem de poetas e poetisas para palacianos, que levam uma vida mais estreita que os monges de Paular, porque com oito ou dez vocábulos somente, que são *crédito, descrédito, recato, desperdício, desvalido, baixa fortuna, estar falido, espraiar-se*, querem expressar todos seus conceitos e deixar para Deus somente que os acenda; mandamos que lhes dêem outros cinqüenta vocábulos mais de ajuda de custo, do tesouro da Academia, para se valerem deles, para que, se não o fizerem, caiam na pena de minguados e de não ser entendidos, como se falassem basco.

Que nas comédias se retire o desmesurar dos embaixadores com os reis, e que daqui para frente não lhe sirva a lei do mensageiro; que nenhum príncipe nelas se finja de hortelão por nenhuma infanta, e que as de Leon sejam em sua honra com clarinetes, pelos testemunhos que levantaram; que os lacaios graciosos não se extremem com as pessoas reais se não for no campo, ou nas ruas de noite; que para dormir não se diga: "Sono vem a mim", nem outros versos, como dizer a rei, "porque é justíssima lei", nem a padre, "porque a minha honra mais enquadre", nem as outras; "A fúria me provoco", "Aqui entre os dois" e outras civilidades, que nem se desculpem sem se desculpar dizendo:

Por uma rima se obriga
ao que o homem não pensa.

Ao poeta que nelas incorra daqui para frente, na primeira vez que o vaiem, e na segunda, sirva a sua majestade com duas comédias em Oran.

Que os poetas mais antigos se repartam por sua vez a dar esmolas de sonetos, canções, madrigais, décimas, romances e todos os demais gêneros de versos a poetas que pedem de noite, e a recolher os que encontrarem doentes comentando, ou perdidos nas *Solidões* de dom Luis de Gôngora; que haja uma portaria na Academia, onde se dê sopa de versos aos poetas mendigos.

Que se institua uma Irmandade contra os poetas do monte e javalis.

Mandamos que as comédias de mouros sejam batizadas dentro de quarenta dias ou que saiam do reino.

Que nenhum poeta, por necessidade nem amor, possa ser pastor de cabras nem ovelhas, nem de outra rês semelhante, salvo se for tão Filho Pródigo que, dissipando suas rimas em coisas ilícitas, fique sem nenhuma; mandamos que em tal caso, cuide de porcos.

Que nenhum poeta se atreva a falar mal dos outros, a não ser duas vezes por semana.Que o poeta que fizer poema heróico não tenha prazo maior que um ano e meio, e que quem demorar mais se entenda que é por falta de inspiração; que os poetas satíricos não tenham lugar nas Academias, e se tenham por poetas bandidos e fora do grêmio da poesia nobre; que se apregoe o silêncio de suas rimas, como de homens facínoras à república. Que nenhum filho de poeta que não fizer versos possa jurar pela vida de seu pai, porque parece que não é seu filho.

Que o poeta que não sirva a nenhum senhor, morra de fome por isso.

Finalmente, que estas premissas e ordenanças sejam obedecidas e executadas como se fossem leis estabelecidas por nossos príncipes, reis e imperadores da Poesia. Manda-se apregoar, para que venha a notícia de todos. Muito celebrado foi o papel do *Enganado* por peregrino e caprichoso, tirando ao mesmo tempo que terminava, outro papel do peito o *Enganador*, assim chamado na Academia e nos três hemisférios, e fiscal da presente, que dizia o seguinte:

PROGNÓSTICO E LUNÁRIO
DO ANO QUE VEM,
AO MERIDIANO DE SEVILHA
E MADRI, CONTRA
OS POETAS, MÚSICOS
E PINTORES COMPOSTO
PELO "ENGANADOR" ACADÊMICO
DA INSIGNE
ACADEMIA DE BETIS,
E DIRIGIDO A PERICO
DOS PALOTES PROTODEMÔNIO
E POETA
DE "DEUS TE DÊ UMA BOA"...

Interrompendo estas últimas razões, um delegado, guarnecido de ajudantes (e tantos, que se fossem de prata, poderia competir com a capitã e almiranta dos galeões quando retornam com as entranhas do Potosi e os corações dos que os esperam e os trazem), dona Tomasa e seu soldado, entraram para estar à vista da execução de sua requisitória; a Academia se alterou com a intempestiva visita, e o atrevido delegado disse:

- Os senhores não se alvorocem, eu venho cumprir com meu ofício e prender não menos que o senhor presidente, porque é ordem de Madri, e hei de fazê-la com o Evangelho.

Os acadêmicos se admiraram e dom Cleofas se arrepiou todo; o fiscal que era o Coxo disse:

- Não te preocupes, dom Cleofas, deixa que te prendam, não nos percamos nesta ocasião; eu te tirarei em paz e a salvo de tudo.

Virando-se para os demais, disse-lhes o mesmo, e que não convinha naquele lance nenhuma resistência.

Se fosse necessário, o *Enganado* e ele colocariam a todos os delegados as cabras no curral.

- Aqui há homem – disse um estudante do Corpus, graduado pela Feria e o pendão verde, que se for necessário, não deixará orelha de ministro, sendo eu o menor de todos estes senhores.

O delegado tratou de seus negócios sem se preocupar com o que diziam, e dona Tomasa estava, armada com a capa e a espada, a ponto de lutar ao lado de seu soldado (que era muito destra, acostumada a brincar com as armas), até que viu levar preso ao que lhe negava a dívida, livre de pó e palha.

O Coxo foi atrás deles e a Academia malogrou-se naquela noite.

O Coxo aproximando-se do delegado, disse-lhe à parte, colocando um saquinho na sua mão, com trezentos escudos:

- Meu senhor amoleça sua cólera, que são trezentos escudos.

O delegado respondeu, ao mesmo tempo que os recebia:

- Me desculpem os senhores por eu ter me enganado, e que o senhor Licenciado vá livre e sem custos; eu me arrisquei bastante tendo errado o golpe.

O soldado e dona Tomasa, que também haviam falado com o delegado, por mais que protestassem, não puderam fazê-lo entrar em razões. A esta hora estavam os dois camaradas tão longe deles, que haviam chegado ao rio e à Passagem, que é por onde passam de Sevilha para Triana e voltam de Triana para Sevilha; tomando um barco, dormiram aquela noite na rua do Altozano, rua Maior daquele lugar; dona Tomasa e seu galã foram muito decepcionados para sua pousada, e o delegado para a sua, fazendo mil discursos com seus trezentos escudos. O Coxo madrugou sem dormir, deixando o companheiro em Triana, para espiar em Sevilha o que acontecia acerca das causas dos dois, revirando de passagem duas ou três pendências no Areal.

O delegado acordou mais cedo, com o alvoroço de seu dinheiro, que havia colocado debaixo do travesseiro, e enfiando a mão não o achou; levantou-se para buscá-lo e viu-se emparedado de carvão, e todos os aposentos da casa do mesmo modo, para que não faltasse o que costuma se dizer do dinheiro que o diabo dá; estava tão cercado desse material, que foi necessário sair por uma janela que estava perto do teto, e ao sair todo o carvão virou cinzas; se não fosse assim pensaria em deixar de ser delegado para se tornar carvoeiro, se fosse o carvão da árvore do inferno, que nunca acaba, amem, Jesus. O Coxo ia dando notáveis risadas, sabendo o que tinha acontecido com o suborno do delegado. Saindo na praça de São Francisco, e tendo andado poucos passos, virou a cabeça e viu que Cem-chamas, Chispa e Redina o estavam seguindo; deixando as muletas, começou a correr, e eles atrás gritavam dizendo:

- Segurem esse coxo ladrão!

Quando quase o estavam pegando Chispa e Redina, passou um escrivão bocejando, e o Coxo entrou na sua boca, calçado e vestido. Quiseram entrar atrás dele e tirá-lo, e apareceu para defender a jurisdição uma quadrilha de alfaiates, fazendo a resistência a agulhadas e dedaladas, obrigando Cem-chamas a enviar Redina ao inferno para ver o que se haveria de fazer; e o que houve nos ares foi que, com o escrivão e os alfaiates, dessem com o Coxo nos infernos.

Executou-se como se disse e foi tanto o que chacoalharam o escrivão, depois de tê-lo feito vomitar o Coxo, que acharam melhor os juízes mandá-lo embora e que voltasse para seu escritório, deixando os alfaiates como reféns, para fazer uma roupa para Lúcifer usar na festividade do nascimento do Anticristo; tratando dona Tomasa, desenganada, de ir para as Índias com o tal soldado; e dom Cleofas de voltar para Alcalá para terminar seus estudos, havendo sabido da prisão de seu Diabinho, decepcionado porque até os diabos têm seus delegados e os delegados têm os diabos. Com isso se finaliza esta história, e seu dono graças a Deus porque se saiu bem, suplicando a quem a leia que se entretenha e não se entedie ao lê-la.

Laus Deo et Beatae Virgini
Mariae. Sub correctione Sanctae
*Matris Ecclesiae Romanae.**

* Louvado seja Deus e a Bem-aventurada Virgem Maria. Sob a exortação da Santa Mãe Igreja Romana.

Impressão e Acabamento:
Gráfica Oceano